D0790698

COLLECTION FOLIO

Alexandre Jardin

Bille en tête

Gallimard

Alexandre Jardin est né le 14 avril 1965. Après avoir rêvé d'un destin politique, et être entré à Sciences Po, il s'égare dans les lettres et écrit son premier roman, *Bille en tête*, à vingt ans. Paru en 1986, le livre connaîtra un succès immédiat. Perverti par la littérature, il renonce à toute autre ambition.

Après avoir encadré son diplôme de l'Institut d'études politiques de Paris, il devient scénariste, chroniqueur de télévision, poursuit son activité de romancier et passe le plus clair de son temps à s'occuper de la femme de sa vie.

à Françoise Verny

Chaque famille a son vilain canard. A la maison, ce rôle me revenait de droit. J'y voyais une distinction. En contrepartie de cet avantage, je fus expédié à Evreux en pension. Evreux, ville où l'on est sûr de n'avoir aucun destin. Véritable banlieue de l'Histoire. Les réussites y sont lentes. La province a toujours fait de l'ombre aux ambitieux.

Derrière les hauts murs de la cour de récréation, je fulminais contre mon père. En m'exilant il me privait d'oxygène. En me faisant quitter Paris il confisquait mes rêves de grandeur. Je dépérissais. Durant les rares week-ends où je rentrais à Paris, je respirais l'air de la capitale, l'air du temps. Mais les dimanches soir arrivaient toujours. Je devais retourner au collège faire l'enfant. Quand donc serais-je grand ? Je voulais vivre tout haut et non plus chuchoter ma vie dans les couloirs d'une école.

A la pension, les garçons s'étaient faits loups pour survivre. Il y avait des bandes, des faibles, des forts et des souffre-douleur : tout ce qu'il faut pour rendre la vie infernale. La violence de nos rapports était contenue par le règlement du collège. Cette école chrétienne dans la forme enseignait l'amour du prochain à coups de trique. C'est ce qu'on appelle un bon établissement.

Mon frère Philippe, lui, était resté avec mon père. Ils vivaient à Paris tous les deux dans un appartement triste. Philippe ressemblait à mon père, moi à notre mère qui était morte depuis longtemps. Son corps s'en était allé là où tout se désassemble, me laissant seul comme un domino qui cherche son double. Le cancer avait dévoré sa vie et du même coup la gaieté de notre famille. Les rires s'étaient tus. La maison sentait la mort. Le soleil n'y pénétrait plus. Les rideaux étaient toujours tirés. Le théâtre était fermé. On ne jouait plus chez moi, on se souvenait.

Je dus prendre les devants pour ne pas me faire enterrer vivant. J'ouvrais les rideaux et faisais hurler des musiques rock dans la maison. Après les classes, j'invitais des hordes de camarades qui déboulaient dans les couloirs comme des diables sortant de leur boîte. Nos goûters laissaient des miettes dans le salon, seules traces de vie dans cet univers figé. J'espérais que les rires d'enfants feraient peur à la mort. Je me défendais pied à pied, ne voulant pas que le départ de maman tue mon enfance. Mais j'agaçais mon père. Il m'aurait volontiers écrasé comme on se débarrasse d'un insecte pour que je le laisse à son désespoir.

Ma mère est morte le jour de mes huit ans. Etrange cadeau d'anniversaire. J'ai compris alors que j'étais seul. Il faudrait désormais que je me fasse grandir tout seul, en me tenant par la main. Mon père avait trop à faire avec son

10

malheur pour s'occuper de moi. Alors je n'ai plus pleuré. Mes yeux de petit garçon sont devenus secs et brillants, à cause de tous les pleurs rentrés. J'ai feint la gaieté pour dissimuler ma gravité. J'étais comme une toupie qui tourne pour rester debout. Ma rage de vivre m'a rendu insupportable. Papa m'a exilé en pension. Maman était partie pour le ciel sans laisser d'adresse. A huit ans, je ne savais plus où j'habitais. A seize ans, j'avais déjà un passé. Il m'aurait fallu un avenir, un futur qui commençât tout de suite.

Du fond de mon collège sinistre, les bruits de la ville me venaient par échos. Les week-ends où je rentrais à Paris, la vie grandeur nature m'apparaissait à chaque fois plus tentante. L'existence ne se résumait pas à l'emploi du temps étriqué de la pension.

Dehors, au-delà des murs, il y avait l'Amérique à découvrir, Paris à conquérir. A l'aube de ma vie que je devinais déjà riche, le désir m'habitait. Désir de voir, de tout voir. Je voulais explorer tout ce qu'il était possible d'explorer : la tendresse, la peau des femmes, la foi des curés, l'ivresse de l'argent, le vertige du talent. J'avais une fleur dans le cœur et cette fleur voulait voir le soleil. Je voulais connaître Dieu en moi, et Satan aussi. Faire l'ange et puis la bête, en démontant mes ailes.

Mais pour le moment, la cloche du collège rythmait encore ma vie.

En fin d'après-midi, je rentrais du stade avec ma classe. La lumière déclinait dans le petit bois que nous traversions. Le soleil passait à l'ouest, mais nous pas. La liberté serait pour un autre jour. Au bout du chemin, l'univers triste et gris de la pension nous attendait. Le professeur de gymnastique marchait en tête. « Un esprit sain dans un corps sain », aimait-il à répéter. Mais nous étions pour la plupart vicieux et tous transpiraient. L'odeur aigre des aisselles se répandait. Je n'avais guère de sympathie pour les gens de mon âge. Sauf pour mon ami Claude.

— Claude, on ne va quand même pas retourner à la pension.

— Où veux-tu qu'on aille ?

— A Paris.

— Pourquoi ? On est bien ici. C'est bien, Evreux.

— Ça ne va pas non ? C'est une ville pour les sans-destin. Tu crois qu'on devient Molière en restant à Evreux ?

Claude me confia n'avoir pas la moindre intention de devenir Molière. Son avenir le démangeait peu. Il se contentait de vivre au ras des pâquerettes. C'était, m'assurait-il, la meilleure façon de respirer l'odeur des fleurs. A trop vouloir prendre de l'altitude, selon Claude, je risquais de rater les parfums de la vie. Déçu par son manque d'ambition, je continuai à le bousculer.

— Je te le dis, c'est pas à Evreux qu'on aura un destin !

— C'est quoi un destin ?

— Des femmes, de l'argent, un nom qui sonne.

Claude resta sans réaction. Son nom lui suffisait ; son argent de poche aussi. Quant aux femmes, il n'y pensait que très incidemment. Il en était désespérant.

J'insistai :

— Si on reste à l'école, on ne saura que ce qu'on aura appris, comme des cons. Faut qu'on se tire.

— Comment ? demanda-t-il incrédule.

Claude venait d'entrouvrir une brèche dans ses défenses. Je m'y engouffrai, tête baissée.

— Tout de suite, on file à Paris.

Avant même qu'il ait eu le temps de réaliser ce qui se passait, je l'ai pris par la main et on a filé par un sentier. Autour de nous, la forêt était irriguée de multiples chemins. Surpris par les événements, Claude riait en courant dans les bois. Je galopais ventre à terre, sautant pardessus les fougères, fuyant le collège de mon enfance. Adieu vilaine époque qui m'avait enchaîné aux bancs des écoles comme sur une galère. Adieu vilaine époque qui ne m'avait doté de mains que pour tenir des porte-plume au lieu de caresser les seins des femmes. Nous courions vers notre avenir, vers la liberté.

Essoufflé et inquiet, Claude s'arrêta. Nous avions semé le groupe. La distance nous protégeait.

— Dis, je n'ai pas de fric. Tu en as, toi ? me demanda-t-il.

— Imbécile, on ne va pas à Paris avec de l'argent. On y va pour en gagner.

— Mais on sait rien faire...

La remarque était d'une grande justesse ; mais elle me dérangeait. Je m'en sortis en grommelant quelques mots inarticulés. Je ne m'étais jamais posé le problème dans ces termes. La richesse m'apparaissait comme un attribut de ma nature. Claude semblait tourmenté. Je sentais que ses inquiétudes financières en cachaient une beaucoup plus profonde.

— Et puis ça va barder à la maison, avoua-t-il.

Il avait sans doute raison. Mais bon Dieu, on ne demande pas la permission de grandir. On se sacre adulte soi-même, comme un grand, en prenant la couronne sans attendre qu'on vous la pose sur la tête. Et puis j'avais besoin de Claude. Les véritables aventures se vivent toujours à deux. Pour rire il faut être au moins deux. Pour s'aimer et se trahir il faut aussi être deux.

— Claude, tu ne peux pas me laisser partir tout seul pour Paris.

Il évita mon regard en baissant les yeux.

— Tu sais, poursuivis-je, si je fais fortune je voudrais partager mon fric avec toi. Mais pour ça, il faut que tu m'aides.

14

— Je n'ai pas besoin de fric.

— Claude, on ne fait pas fortune pour l'argent. C'est un sport, un sport de riche ouvert aux pauvres. De toute façon, maintenant t'es coincé. A la pension ils savent déjà que tu as fait une fugue.

Claude réfléchit quelques instants.

— Virgile, tu es vraiment un emmerdeur, me dit-il en souriant. Allez viens, on y va à Paris.

Le pas léger, nous avancions dans la campagne vers la gare d'Evreux. Nous faisions une drôle de paire, Claude les yeux perdus dans ses rêves et moi le regard toujours à l'affût. Le soleil s'en allait discrètement. L'herbe fauchée sentait bon. Les odeurs du soir se réveillaient. Mais ces détails bucoliques me touchaient peu. On ne fait pas carrière à la campagne que je sache. Seule la ville, la grande ville, m'excitait. Une seule d'ailleurs me faisait saliver : Paris et sa tour Eiffel en forme de sexe qui domine la cité. C'est à Paris que se trouve le plus grand arc de Triomphe. Je désirais cette capitale comme on a envie d'une femme. Je voulais la séduire, la posséder, l'étonner et recevoir d'elle finalement une rue à mon nom. Alors ce soir-là, je me foutais pas mal des grillons qui chantaient. Les charmes de la campagne glissaient sur moi comme l'eau sur les plumes d'un canard. J'accélérai le pas et Claude suivit, une herbe dans la bouche. Il est rêveur, Claude.

Mon escapade commençait bien. Ce n'était pas une fugue de peigne-cul mais un départ. J'étais encore petit mais je me sentais grand, capable de grandes choses. Si Christophe Colomb n'avait pas déjà inventé l'Amérique, je l'aurais bien fait à sa place. Avec mes seize ans en bandoulière, je me voyais parti pour la vie.

Claude et moi, ou plutôt moi et Claude, nous trottinions comme des hommes libres. La gare n'était plus qu'à quelques minutes.

Le train s'arrêta le long du quai. Des gens descendirent, comme pour nous faire de la place. Mais Claude paraissait encore inquiet.

— On n'a pas de billets, me dit-il la gorge nouée.

— On a mieux que ça, on a un destin.

— Ah...

— Si, si, je te jure. Je m'y connais. Allez, monte.

J'ouvris la portière et nous montâmes dans le train. En première classe bien entendu. On ne commence pas une destinée en seconde classe ; d'autant que ça ne coûte pas plus cher quand on ne paye pas le billet.

Le train était encore à l'arrêt quand une main puissante et résolue se referma sur mon épaule. J'allais me retourner pour protester ; mais je m'aperçus au dernier moment, avec effroi, que cette paluche monstrueuse et velue appartenait à un contrôleur aussi large que haut.

— Billets, fit le pithécanthrope.

Mon épaule bloquée dans l'étau de sa main, je ne pouvais plus fuir. L'écœurement me gagna.

Quand on pense qu'il suffisait d'une grosse main de contrôleur pour arrêter ma destinée! Attirés par la scène, quelques voyageurs s'approchèrent. Ils avançaient leur cou comme ceux des poules pour mieux voir. Au lieu d'une marche triomphale sur Paris, ma fugue prenait l'allure d'un délit mineur. C'est bien ainsi qu'elle apparaissait au regard des curieux. Je devais contre-attaquer et annoncer la couleur.

— Ecoutez, parlons franchement, dis-je au contrôleur. Le Ministre nous attend à Paris.

— Quel ministre ? fit-il amusé.

— Lequel ? Heu...

Sentant mon désarroi, Claude me jeta une bouée.

— A votre avis, fit Claude, quel ministre pourrait bien nous attendre ?

Je saisis la balle au vol.

— Le Premier, forcément. Le Premier ministre nous attend.

Chose étrange, le contrôleur ne nous crut pas. J'avais pourtant lu quelque part que plus un mensonge est gros, mieux il passe. Il nous attrapa par le col, nous expulsa du train, et nous remit aux gendarmes. Ces derniers, d'ordinaire peu courtois avec les malandrins, nous ouvrirent toutes grandes les portes de leur geôle. Ils flairaient la fugue. On nous posa des questions qui restèrent sans réponse. J'étais décidé à ne pas parler, même sous les coups, et j'interdis à Claude d'ouvrir la bouche. Dans les romans, le héros ne parle pas ; ou bien il cesse d'être un héros. Il m'était d'autant plus facile de résister que je n'avais rien à avouer, sauf notre identité. J'aurais été bien en peine d'inventer un mensonge.

Dans la cellule, Claude me fit la leçon :

— Qu'est-ce qui t'a pris de dire qu'un ministre nous attendait ? Tu ne pouvais pas inventer quelque chose de plus crédible ?

J'aurais naturellement pu trouver autre chose. Mais l'idée que le Premier ministre m'attendait à Paris me plaisait. Claude me traita d'inconscient. Il n'avait pas tort ; mais Napoléon aussi devait l'être pour faire l'Empire. Raisonnablement, l'entreprise pouvait paraître farfelue. Une fois de plus, ce genre d'argument n'eut aucun effet sur Claude qui resta sceptique. Il eut cependant la délicatesse de ne pas me rappeler que je n'étais pas Napoléon, ni même Bonaparte. Cela m'aurait vexé et Claude me connaissait trop pour ne pas s'en douter.

Bien sûr, je savais que je n'étais rien ; rien qu'un garnement qui n'en finissait pas de grandir. J'avais déjà tiré seize ans d'enfance et je sentais que l'on ferait durer encore un peu les choses.

Il fallait grandir en douceur, ne pas brûler les étapes, s'épanouir, disaient-ils. L'affaire était entendue. On avait même inventé un mot épatant, vide de sens donc utile, pour justifier les prolongations : l'adolescence. Ça se rajoute après la puberté et ça permet aux vieilles personnes de nous empêcher de parler plus haut qu'elles. Et moi qui ne rêvais que de pousser comme une plante pour me rapprocher du soleil. Quand donc serais-je grand ?

Là-dessus, un gendarme pénétra dans la cellule.

— Alors, vous connaissez toujours pas vos noms et adresses ?

Frustré par l'échec de mon coup d'éclat, lors de l'affaire des billets de train, j'esquissai une nouvelle manœuvre et m'avançai.

— Vous ne savez pas à qui vous avez à faire.

— Justement, c'est ce que je voudrais savoir ! rugit le gendarme.

— Mon ami et moi-même sommes, enfin serons des gens très importants. Je vous ferai muter en rase campagne si vous ne nous montrez pas plus d'égards.

Le gendarme m'expédia une claque qui me rassit sur le banc, un peu sonné ; puis il sortit de la cellule. C'est ce qu'on appelle la rapidité d'intervention des forces de l'ordre. Je restai seul avec Claude qui tenta, vainement, de me raisonner :

— Arrête de dire que tu seras ministre. Ça ne sert à rien.

— Il faut bien que je le dise, sinon personne ne me croira.

— Tu fais plein de fautes d'orthographe. T'es mal barré. A seize ans c'est grave pour un type qui veut devenir ministre.

— Pff... J'aurai qu'à signer. Et puis je sais parler ; c'est suffisant pour faire ministre.

La discussion se poursuivit en considérations diverses sur la taille de la main du gendarme. Mais nous étions toujours sous les verrous. La geôle avait l'air solide : impossible d'envisager une évasion. Elément capital, nous n'avions pas de lime. Or c'est toujours avec une lime qu'on s'échappe dans les westerns. Sur ce point, Claude était formel. Il connaissait ses classiques. Nous étions donc vraiment coincés.

Après mûre réflexion, une idée lumineuse vint me délivrer de mes angoisses et indirectement de la prison. J'avais plus efficace qu'une lime : une grand-mère, l'Arquebuse.

Je ne voyais qu'elle qui fût capable d'obtenir la reddition des gendarmes et notre libération. Malgré l'heure tardive, je décidai de l'appeler à mon secours. Trop heureux de se débarrasser de nous, le gendarme me fournit un téléphone.

— Allô, l'Arquebuse ? C'est moi, Virgile. Sauve-moi. Je suis cerné par des flics dans un commissariat.

Le gendarme m'arracha le combiné pour prendre l'affaire en main. On me remit dans la cellule.

— T'as vu l'heure qu'il est ? Elle viendra jamais..., ronchonna Claude.

— Je te dis que si. Je pourrais la réveiller à n'importe quelle heure. Elle m'aime. Pour de vrai.

Pour l'Arquebuse, qui croyait en Dieu, j'étais une sorte de saint. Un être touché par la grâce. Je ne l'ai jamais détrompée, par peur de la décevoir. Elle raffolait de moi comme d'autres ont une passion pour le chocolat. J'étais aimé a priori sans avoir besoin de gagner cet amour. Elle était la seule personne à qui je pouvais confier mes rêves, même et surtout lorsqu'ils étaient délirants. Quand je lui parlais de ma très prochaine élection à la présidence de la République, la seule chose qui la tourmentait était qu'il n'y eût personne à l'Elysée pour me préparer des pâtés de canard. Elle adorait me faire des pâtés de canard. L'Arquebuse ne voyait pas l'extravagance de mes propos. Ce qui eût semblé folie aux yeux des autres lui paraissait raisonnable. Je n'ai rencontré que rarement cette qualité de jugement.

Dans la cellule, Claude se lamentait à la perspective d'être rossé par son père. La prison, quelle honte dans sa famille ! Son père le frapperait sans doute. C'était un père à l'ancienne. L'ennui avec les gens brutaux, c'est qu'ils ne se déchaînent pas à cause d'événements extérieurs. Leur violence vient du dedans. C'est terrible une fureur qui vient du dedans. Il n'y avait qu'à voir le visage décomposé de Claude pour s'en persuader. J'étais pourtant prêt à endosser toute la responsabilité de notre escapade. Mais cela n'aurait fait qu'aggraver les choses : son père l'aurait méprisé de s'être laissé entraîner. Je n'assumerai donc pas cette responsabilité tout seul. En somme, ma clairvoyance évitait à Claude le dédain de son père. On se construit toujours des thèses officielles pour justifier sa lâcheté.

Nous attendions toujours l'Arquebuse. Elle tardait vraiment. Allait-elle m'abandonner ? Non, bien sûr. Mais l'heure tournait. En fait, j'étais drôlement inquiet. Non que l'Arquebuse ne vînt pas nous délivrer. Tôt ou tard les gendarmes auraient bien dû nous relâcher. Je craignais qu'elle ne répondît pas à mon appel.

L'Arquebuse, dans ma petite vie, c'était mon copain qui me défendait quand les adultes s'en prenaient à moi, c'était la mère qu'il m'aurait fallu. Une assurance tous risques qui garantit le cœur, avec en prime des pâtés de canard. Je faisais grise mine au fur et à mesure que le temps passait. Les secondes agaçaient mon impatience. Les minutes amplifiaient mon anxiété. Claude tentait de me rassurer :

— Elle va venir, je te le dis, vieux.

Lui ne risquait pas grand-chose. Les baffes, c'est physique. Tandis que ma trouille à moi était métaphysique. J'éprouvais la même angoisse qu'un curé dans une église qui aurait été désertée par le bon Dieu.

Elle aurait pourtant dû être là. Sa ferme se trouvait à quatre kilomètres d'Evreux, dans un coin de campagne. Nous attendions déjà depuis plus de deux heures. Mon angoisse fermentait. Pour me calmer, Claude disait qu'elle arriverait dans cinq minutes. Les cinq minutes s'écoulaient. Elle n'était toujours pas là. Du coup, j'engueulais Claude.

Finalement, elle vint.

Les oreilles dressées, j'ai tout de suite perçu sa présence. Un vent de panique se mit à souffler dans la gendarmerie. Zeus en personne venait de faire irruption. L'oreille collée au mur, j'écoutai les glapissements qui provenaient de la pièce jouxtant notre cellule.

— Vous l'avez battu, j'en suis sûre ! Appelez la police.

— C'est nous la police, madame.

— Rendez-moi mon petit ou je me fâche.

C'était bien elle. J'appelai à l'aide :

— L'Arquebuse ! Je suis là !

La porte s'ouvrit brutalement. L'Arquebuse apparut, dans toute sa splendeur, au milieu d'un nuage de poussière. L'œil affûté, elle m'aperçut tout de suite, s'approcha de moi et me prit la main à travers les barreaux. Sa paume était chaude. Comme aspiré par cette tornade, le gendarme courait derrière elle avec un formulaire très administratif.

— Madame, il faut remplir quelques papiers.

— Je suis contre la paperasserie. Rendez-moi Virgile.

Elle sortit quelques sandwichs du panier qu'elle avait apporté et nous les tendit. Je m'en saisis avec avidité.

— Regardez, fit l'Arquebuse au gendarme. Ils sont affamés. Vous ne les avez même pas nourris. Je porterai plainte.

Je n'avais pas faim ; mais dans l'exaltation je croquai un jambon-beurre avec voracité. Le fonctionnaire de police insistait toujours :

— Madame, vous devez remplir cette feuille.

— Vous voulez que je me fâche ?

Manifestement, le gendarme ne faisait pas le poids. Le malheureux n'avait que la loi de son côté. L'Arquebuse, elle, s'appuyait sur son autorité naturelle. Mais il persistait, voulant connaître ses nom, prénom, date et lieu de naissance, adresse et tout ce qui suit. Un pur acte administratif qui n'avait rien à voir avec un acte d'amour.

Comprenant qu'il fallait employer les grands moyens, l'Arquebuse simula des troubles cardiaques. Elle se mit à suffoquer, siffler, souffler poussivement et haleter comme une vieille chaudière qui rend l'âme. Puis, la tête basculée en arrière, elle se laissa tomber lourdement sur un banc qui faillit casser.

L'Arquebuse était un personnage de grand poids.

— Vous profitez de ma position de faible femme. Vous profitez de mon cœur qui lâche...

Secoué par les événements comme une bouteille de mauvais mousseux, le gendarme finit par exploser en levant les bras au ciel :

— Après tout, foutez le camp avec ces gosses et qu'on n'en parle plus !

Vite, la cellule fut ouverte. Le déclic de la serrure eut pour effet immédiat de remettre d'aplomb le cœur de l'Arquebuse.

— Allez les enfants! On évacue! Et n'oubliez pas les sandwichs. Il y a du cidre dans la voiture.

Le cortège se dirigea vers la sortie avec un air de fête. Claude n'en revenait pas. Transporté de joie, je faillis m'étouffer en oubliant de respirer. L'Arquebuse me donna une bonne claque dans le dos. J'en attrapai le hoquet mais cela me sauva de l'asphyxie. J'étais aimé et protégé par une femme capable de faire reculer la police. Avec mon hoquet, j'étais comme ivre de fierté.

Passant devant le gendarme médusé, l'Arquebuse lui tira l'oreille à la manière de Napoléon:

— Vous pourrez dire: « J'y étais! », lança-t-elle impériale.

C'était mieux qu'Austerlitz.

Au sortir de la gendarmerie, nous nous installâmes dans sa vieille automobile. Elle ressemblait à ces véhicules de dessins animés dont les roues courent l'une après l'autre. Le capot fermait avec difficulté, à grand renfort de ficelles et de fils de fer. Sur les quatre portes, deux seulement fonctionnaient; les deux autres étaient soudées pour ne pas tomber. Elle était si vieille qu'on n'en voyait plus la marque; elle aurait pu passer pour une voiture faite main. Mais le moteur tenait bon, malgré le traitement que lui infligeait ma drôle de grand-mère. Pour des raisons obscures, l'Arquebuse refusait parfois de débrayer lorsqu'elle changeait de vitesse. Le passage de la première à la seconde produisait

26

alors des bruits effroyables. La carrosserie était secouée comme si le moteur allait cracher tous ses boulons. Par la force des choses, la voiture dut s'adapter et devint automatique grâce à un garagiste local très habile. Ce mécanicien de génie était son seul ami, le seul être suffisamment intelligent pour renoncer à la comprendre. Il avait fabriqué pour elle, à partir d'un appareil destiné à chauffer deux pièces, une chaudière capable d'élever la température au-dessus de trente degrés dans les dix pièces de sa ferme. Cette machine infernale risquait d'exploser à tout moment et de faire sauter la maison. Elle comportait un autre inconvénient : la manette de réglage était bloquée au maximum. L'atmosphère était donc plutôt tropicale chez l'Arquebuse lorsque le chauffage était en marche. Cela durait depuis bientôt quinze ans. J'avais presque le même âge que cette bombe à retardement. Nous lui avions même donné un surnom : Mme Vilebrequin, du nom d'une voisine acariâtre. Quand la machine s'emballait en pleine nuit et que j'étais là, l'Arquebuse surgissait dans ma chambre pour m'appeler à l'aide : « Debout ! Mme Vilebrequin va exploser ! » J'enfilais un pull-over et filais dans la cave éteindre le monstre d'acier brûlant. Depuis quinze ans, l'Arquebuse ne dormait plus que d'une oreille en hiver. Elle surveillait son chauffage. Elle n'avait jamais osé faire part à son vieil ami mécanicien des problèmes de réglage de Mme Vilebrequin et du danger qu'elle représentait. Elle craignait qu'il ne prît cette remarque comme un reproche. Plus le temps passait moins elle oserait lui en parler.

Alors, quand les mois d'hiver venaient, nous ouvrions les fenêtres. La maison n'était plus qu'un courant d'air. Le vent s'engouffrait dans toutes les pièces en soulevant les rideaux comme des voiles. La ferme prenait un air de bateau ivre. Les portes claquaient sans fin. Elles résonnent encore dans ma mémoire.

Parfois, quand je me permets quelques instants de nostalgie, je claque les portes chez moi pour me rappeler cette époque révolue. Mais je n'en abuse jamais. L'Arquebuse avait su m'inculquer une haine franche, joyeuse et cordiale pour tous ceux qui gâchent leur existence en soupirant sur le temps passé. La mélancolie n'était pas son langage. Elle parlait au présent.

Sur la route, au volant de son automobile, l'Arquebuse négociait les virages à toute allure en fredonnant des cantiques pour célébrer notre libération. C'étaient les seules chansons qu'elle connaissait. Nous riions sans retenue. Claude chantait aussi, mais faux, tout en se cramponnant aux banquettes. Sa voix dérailla franchement quand, dans un tournant pris un peu vite, la voiture manqua de quitter la route. L'Arquebuse considérait les panneaux de limitation de vitesse comme une atteinte grave à sa vitalité. Elle ne craignait pas qu'on lui retirât son permis de conduire : elle n'en avait pas. Personne ne le savait, sauf moi. Il ne serait jamais venu à l'idée d'un gendarme de la région de lui demander son permis. Ils la voyaient conduire depuis quarante ans.

— Qu'avez-vous donc fait ? nous demanda-t-elle.

— On voulait seulement aller à Paris.

— Pour quoi faire ?

Claude prit la parole :

— Virgile voulait qu'on y aille pour avoir de l'argent, des femmes, et... c'était quoi la troisième chose ?

— Avoir un nom, un nom qui sonne.

— Il ne vous ont pas mis en prison pour ça.

J'avouais, non sans fierté, notre tentative de fugue. Le récit fut à la fois sincère sur le fond et truffé de mensonges destinés à pimenter le discours. L'Arquebuse conclut par un soupir :

— Ils ne sont pas nombreux les enfants qui ont le courage de fuir l'école... Mais maintenant, ça va se compliquer.

Au collège, les choses se passèrent rondement. Notre cas fut déféré devant un conseil de discipline. Il y avait là, assis devant nous et entourant le directeur, une demi-douzaine de professeurs. N'ayant pas l'habitude de ce genre de cérémonie, j'hésitais, un peu comme à la messe, ne sachant pas si je devais me lever ou m'asseoir.

Les questions de protocole m'ont toujours angoissé. C'était la première fois qu'on me jugeait et je voulais être à la hauteur de l'événement. J'avais même mis une chemise propre et repassée pour qu'on ne puisse pas dire dans ma biographie que je n'étais pas convenable devant mon jury.

Le directeur me fit signe de me lever. Claude passerait après moi :

— Vous reconnaissez donc vous être enfui, mercredi, en rentrant du stade ?

— Oui.

J'avais l'air penaud. On n'est jamais très fier d'avoir raté quelque chose.

— Pourquoi vous êtes-vous enfui ?

— Parce que j'ai eu peur.

30

— De quoi ? poursuivit le directeur.

— Je me suis dit que s'il y avait un Molière ou un Mozart en moi, l'école le tuerait.

Les professeurs semblaient désarçonnés. Pour une fois que je disais la vérité, je sentais qu'on ne me croyait pas. J'étais pourtant bien incapable de mentir sur le fond, sans le faire exprès d'ailleurs, par nécessité intérieure, un petit coin de pureté.

— Qu'est-ce qui a bien pu vous donner des idées pareilles ? me demanda un professeur.

— Je ne sais pas.

Comment justifier que j'aie pu un instant me prendre pour Molière, ou même pour Mozart ? Ça fait couillon. Surtout pour un type qui cultive les fautes d'orthographe. Sans doute était-ce le désir de vivre plus, un peu plus qu'une vie, d'étendre mon existence au-delà de ma mort.

Un autre professeur m'invita à me pencher plus sérieusement sur mon « avenir ». Bien entendu, ce qu'il mettait derrière ce mot ressemblait fort à un enterrement de première classe. Je n'étais pas un bon client pour l'école ni quelqu'un de facile à juger. Je gênais : on m'exclut du collège, pour ma plus grande joie.

Le directeur se pencha alors sur le cas de Claude.

— Et vous ? Vous vous prenez aussi pour Mozart ?

— Non, pas moi.

— Ah ! Mais alors vous êtes peut-être récupérable.

— Très franchement, je ne crois pas, avoua Claude.

31

Claude, il était solidaire. Alors il fut chassé, lui aussi.

Nous avions moins été renvoyés du collège que bannis. En exil de l'école, comme privés d'enfance. J'en étais ravi mais Claude prit les choses avec moins d'enthousiasme. Son père était en colère. Fils indigne ! Il avait dix-sept ans et dut déguerpir au plus vite du logis familial. Sa mère pleura. Il partit pour Paris travailler comme coursier dans un grand journal. Le père savoura la prolétarisation de son fils.

Mais Claude, plutôt doué pour la vie, n'en parut pas mécontent. Il loua une petite chambre et y installa les vestiges de son enfance : une photo de sa mère, un exemplaire du *Petit Prince* et une carte du ciel. Le regard fixé sur les étoiles, il avait toujours contemplé l'espace. Là-haut, il y avait plus de place pour ses rêves.

Pour moi, le dénouement de cette affaire fut moins heureux. Mon père me reçut dans son bureau. Sa mine grave témoignait de son manque d'humour. Le collège l'avait prévenu de mon expulsion. Il fut bref, sec et bête. Son projet était de me faire embastiller dans une autre pension d'Evreux, plus sévère que la précédente. Les ecclésiastiques de l'endroit se chargeraient de me mettre au pas. Il signa les feuilles d'inscription à mon nouveau collège comme on paraphe un ordre d'incarcération. Mais j'obtins une grâce : celle de pouvoir rentrer à Paris de temps en temps, le week-end. Je dus partir le lendemain même pour mon nouveau lieu d'internement. Toujours à Evreux. J'avais fait un tour de piste pour rien.

Mais si mon père pensait m'avoir maté, il se trompait. Cette fugue m'avait échauffé le sang. Quand on a goûté une fois au vent frais de la liberté, on n'y renonce plus. La vie miniature du collège me devenait chaque jour plus insupportable. Je voulais désormais vivre en grand, monter sur des podiums et non plus seulement sur des estrades, au tableau noir.

Le premier week-end où je rentrai à Paris, j'avais rendez-vous avec Claude. Avant de conquérir la capitale, nous avions prévu de repérer un peu les lieux. Comment s'introduire dans ce « Paris » qui me faisait tant rêver ? Vue d'un train arrivant en gare Saint-Lazare, la place paraît imprenable. J'avais bien pensé à la franc-maçonnerie ; mais on la disait sur le déclin et le bruit circulait qu'elle ne recrutait pas d'enfants.

En apparence, j'avais l'air d'un petit Rastignac. Pourtant, je me fichais pas mal de l'argent. Dieu merci d'ailleurs car mes ressources étaient fort limitées. Ce que je voulais c'était rire, ou plutôt entendre le rire de Dieu résonner en moi.

Mon père, lui, n'entendait pas que ma vie fût exclusivement consacrée à la rigolade. Je ne cessais de le décevoir. Je ressemblais si peu à ses espérances et Evreux me pesait tant.

— Papa, fais-moi revenir à Paris. Evreux c'est le bout du monde.

— C'est le bout du monde, mais au moins tu y travailles.

Je fus bien obligé de lui répondre, par honnêteté, que l'argument n'était pas fondé. Mon pauvre papa s'égarait. Sans rancune, il m'annonça qu'il nous emmenait dîner le soir même, avec Claude et mon frère Philippe.

— Où va-t-on ?

— Chez une amie, Clara. Tu prendras le dernier train pour Evreux, ce soir.

Alors que nous nous préparions pour le dîner, Philippe m'apprit qu'il y avait d'habitude deux tables chez cette Clara : une pour les adultes et une autre pour les rejetons des invités, même si la maîtresse de maison n'avait pas d'enfant.

— Qu'est-ce que c'est que cette histoire ?

— D'habitude c'est comme ça, me répondit Philippe.

— Claude, il est hors de question qu'on nous mette avec les petits.

Faire son entrée dans Paris à une table d'enfants : jamais. Claude écoutait notre discussion d'une oreille distraite. Devant la glace, il semblait absorbé par son image. Ma deuxième veste lui allait comme un gant. Tout en parlant avec moi, Philippe cirait ses chaussures avec application. A l'école, mon frère était un élève aussi brillant que ses souliers bien astiqués. Papa avait de quoi être fier de lui. Il y a des enfants qu'on cache comme une tache de naissance, d'autres qu'on aime exhiber en public. Philippe appartenait à la seconde catégorie. Moi, pour une fois, j'étais ravi que l'on m'emmenât dans un dîner.

— Dis, Philippe, tu la connais cette Clara ? poursuivis-je.

— Oui.

— Elle est belle ?

— Oui.

— Elle a des amants ?

— Oh écoute, je n'en sais rien.

L'information était pourtant capitale. Si j'avais pu savoir ce qu'il en était, j'aurais illico échafaudé un plan pour être du nombre de ses amants. Mais là, dans l'incertitude, j'en étais réduit à finir de boutonner ma chemise quand papa nous appela. Il était l'heure.

Mon père Raoul, Philippe, Claude et moi entrâmes dans ce qu'il fallait bien appeler un hôtel particulier. Les invités rivalisaient d'élégance et de fatuité. Tout le monde parlait fort comme si chacun avait eu quelque chose d'important à dire. Le champagne coulait. Les femmes portaient des pierres précieuses autour du cou. Elles étaient belles comme des femmes de riches. Ce devait être un dîner interdit aux pauvres. N'ayant moi-même que fort peu d'économies, je ne me sentais pas dans mon assiette. Mais il fallait faire bonne figure. Je suivis donc papa en affectant des airs de vieil habitué.

Un peu plus loin, au fond de la pièce, j'aperçus un groupe d'adolescents. Je les négligeai; ils ne comptaient pas. Mais la glace qui me faisait face me rappela le bouton d'acné que j'avais sur le menton : perfide signe extérieur de jeunesse. D'un petit geste, je le dissimulai avec ma main quand Clara arriva vers nous.

Ce devait être elle puisque Philippe avait dit qu'elle était belle. Ses hanches fuyaient sous sa robe et sa démarche affola mes cinq sens. De la pupille aux papilles, tout en moi était en émoi. Elle était si femme, si lourde de sa beauté qu'elle aurait fait faire des folies à un homosexuel convaincu. Mais ses yeux étaient comme voilés par la tristesse.

J'aurais presque voulu fuir. Comment l'aborder sans tenter de la séduire, et comment lui plaire ? J'étais trahi par mon âge et ne pouvais plus battre en retraite.

Elle s'adressa à mon père :

— Bonsoir Raoul. Enfin je vois ta tribu.

Les présentations se firent. Je la regardais. Philippe la salua. Je la dévorais des yeux ; et alors qu'elle me tendait la main, j'eus l'audace des timides : je repoussai sa main et l'embrassai.

— Je vous embrasse parce que vous êtes jolie, dis-je en rougissant.

— Qui es-tu ? me demanda-t-elle.

— Virgile.

— Le deuxième fils de Raoul ?

Vexé, je remis les choses à leur place : je n'étais pas un fils de second rang, ni même le fils de Raoul. C'est Raoul qui était mon père. Clara voulut ensuite me présenter à ceux qu'elle appelait « mes amis » : ceux de mon âge, les amis de Philippe qui jacassaient en groupe.

— Non, présentez-moi à « vos amis », insistai-je.

— A ta place, j'irais plutôt avec ceux de ton frère.

— Pourquoi ?

— J'irais bien moi... C'est un peu installé

tout ça, dit-elle en montrant la horde de parvenus vautrés sur les canapés qui sirotaient leur coupe de champagne.

Elle avait prononcé ces mots avec une nonchalance qui trahissait l'ennui de sa vie et les compromis qu'elle avait dû faire pour continuer de la mener. Nous parlions en déambulant parmi les invités. Je la harcelais de questions. Je ne voulais pas qu'elle pût s'intéresser à quelqu'un d'autre qu'à moi.

— Qui sont tous ces gens ? demandai-je.

— Des gens qui ont tous quelque chose à perdre, me répondit Clara.

— Quoi ?

— Ce qui les a fait rêver, avant : des places, de l'argent.

— Avec moi vous êtes tranquille. Côté titres c'est pas terrible et je manque justement de fric.

Elle me sourit. Je la suivais, fasciné par son aura de femme. Un très léger parfum flottait autour de sa gorge fine. Transporté par l'émotion, je me mis à respirer l'odeur de Clara à pleines narines, tant et si bien que l'excès d'oxygène me fit tourner la tête. J'étais grisé.

— Tu vois cet homme, me dit-elle tout bas, c'est l'ambassadeur d'Egypte, un ami.

L'héritier des scribes de Tout Ankh Amon semblait aussi francisé que l'obélisque de la place de la Concorde. Sa trogne et l'allure générale de ce qui lui servait de corps rappelaient certains bas-reliefs de Haute-Egypte ; mais, contrairement à ses ancêtres, ledit diplomate ne se tenait pas de profil. Il était même de face quand nous nous approchâmes de lui.

Clara le salua en plaisantant :

— Bonsoir, monsieur l'Ambassadeur.

— Ah, bonsoir Clara. Je vous en prie...

— Hosnie, je vous présente Virgile.

J'inclinai légèrement la tête. Clara poursuivit :

— Comment vont vos deux femmes !

— Très bien, merci.

— Tout de même, les musulmans exagèrent...

— C'est qu'il nous faut plusieurs femmes à nous pour réunir toutes les qualités d'une Française, répliqua le diplomate.

— A tout à l'heure, je suis désolée mais on me réclame, conclut Clara.

Nous nous éloignâmes. Je pressai Clara de mettre les choses au clair :

— Il vous fait souvent la cour, celui-là ?

— Oui.

— Comme je le comprends..., chuchotai-je.

— Tu me fais la cour, toi aussi ?

Je lui répondis par un sourire où se mêlaient le jeu et la vérité. Difficile d'être plus franc.

Autour de nous, je sentis le flot des invités se diriger vers la salle à manger ; et, dans l'embrasure des portes, j'aperçus une grande et une petite table. Je tressaillis, tremblai, puis je repris mon aplomb. J'avais oublié que l'organisation du dîner allait me séparer de Clara en me reléguant à la table des moutards.

Je serrai son bras.

— Clara, j'ai quelque chose à vous demander. A table, je voudrais être assis à votre droite, pas à la table des enfants, dis-je la voix tremblante.

Elle me regarda, surprise. J'insistai en silence, avec les yeux et tout le faible poids de ma présence. Elle ne me répondit pas et se déroba pour aller accueillir un hôte qui venait d'arriver.

Je ne la retrouvai qu'au moment où un laquais, un vrai comme dans les films, annonça que le dîner était servi. Les convives se pressèrent autour de la table des grands. A mesure que Clara plaçait tout le monde, mon anxiété croissait. Je sentais qu'elle ne pouvait qu'attribuer à quelqu'un d'autre la première place à sa droite. Un barbichu sembla croire qu'elle lui était destinée. Je pâlis. Mais Clara le repoussa une chaise plus loin. Je respirai. La place tant convoitée restait libre.

Mon regard se posa un instant sur la table des enfants, à l'écart. Ils semblaient être au coin, comme s'ils avaient dû purger une punition. Claude était là, assis à côté d'une petite blonde mièvre. Il me serrait le cœur. Pauvre Claude, il n'était pas très combatif.

La main de Clara m'effleura.

— Assieds-toi, Virgile.

Je m'assis à la droite de Clara. Tout le monde me regardait. Je rougissais au-dedans mais restais impassible en apparence. Je ne devais à aucun prix rater mon entrée sur la scène. Puis les gens se détournèrent de moi. Seul papa me décocha un coup d'œil meurtrier.

J'étais comme ivre d'avoir atteint cette chaise, première étape vers l'âge adulte. Je bus un verre de vin pour me donner une contenance. Les hommes regardaient Clara en coin, comme pour dissimuler leur convoitise. Ils semblaient tous la désirer. Mais c'était moi qui étais à sa droite. Une fierté immense accélérait les battements de mon cœur.

Puis le repas commença.

La discussion allait bon train. Les hommes déclamaient leurs opinions. Les femmes s'ennuyaient déjà. Devant moi, un cuistre prenait à la conversation la part du lion. Il faisait des phrases pour expliquer le déclin de l'Europe, justifiant ainsi sa médiocrité car son déclin à lui semblait irrémédiable et imminent. Il n'avait pas tort : son monde s'effondrait effectivement ; mais que l'Europe des emmerdeurs et des gens sérieux s'effondrât n'était pas pour me déplaire. Je savais que la mienne était en train de naître et qu'elle serait à coup sûr moins sinistre.

Dans le fatras d'inepties que sussurait l'imbécile, certaines idées sonnaient juste. J'en étais désolé. C'est embêtant quand les cons pensent comme vous. Je bus encore une gorgée. Le vin me donnait l'impression d'être adulte. Je me sentais fort.

Mais je devais paraître minuscule à côté de mon voisin, le barbichu, qui lui était très grand. Il me regarda donc d'en haut, en souriant. Je lui répondis la main sur le cœur :

— C'est un dîner comme dans les romans.

— Vous écrivez ? me demanda-t-il, ironique.

— Mal. Mais je sais lire.

— Je voulais dire des romans.

— Ah... non. Pourquoi, vous écrivez ?

— Naturellement. Les romans durent plus que les gouvernements.

— Que faites-vous dans la vie ?

Il but une gorgée d'eau.

— Je suis ministre.

Je m'étranglai et posai mon verre.

— Pour de vrai ?

Il sourit, amusé.

— Oui, pour de vrai.

C'était un vrai ministre. Je n'en revenais pas.

Ma surprise grandit encore quand ce géant barbu m'apprit qu'il était ministre de l'Education nationale. Il avait pourtant une bonne tête. J'avais toujours imaginé le grand chef des écoles, responsable du désarroi de millions d'enfants, comme une créature vraiment vicieuse. Mais, malgré sa barbe, ce brave homme me parut plutôt gentil. Il me proposa même un cigare. Je refusai :

— Non merci, j'ai décidé d'arrêter.

Il me sourit à nouveau. C'était un officiel vraiment sympathique. Peut-être ne l'avait-on pas informé de ce qui se passait à la base, au niveau des pupitres. Sans doute ignorait-il que l'école cultive l'enfance au lieu de la faire disparaître. En tant qu'homme de terrain, je savais de quoi je parlais. Je l'en informai précipitamment. Il chercha à se défendre.

— Mais on ne peut tout de même pas fermer les écoles !

— Notez que je ne doute pas de l'utilité de votre fonction.

A défaut de pouvoir sauver la destinée des écoliers français, je décidai de gérer la mienne en parant au plus pressé. J'avais eu quelques difficultés avec un professeur de mathématiques. Je suggérai donc à mon ministre de lui donner de l'avancement, du côté du Massif central... La mutation en rase campagne fut prévue pour la rentrée suivante. Je goûtais pour la première fois aux délices de l'arbitraire.

Alors que je parlais, je sentais le regard de Clara se poser sur moi. Impossible de savoir si elle contemplait l'enfant ou le jeune homme. Mon cœur palpitait. Mais tout à coup, j'eus le sentiment de mon aspect dérisoire. Comment avais-je pu un instant penser qu'elle me considérait comme un homme ?

Pourtant elle insistait. J'en étais presque gêné ; même si j'y trouvai une secrète satisfaction. Sans doute était-elle surprise de me voir jouer l'adulte avec mon voisin. J'avais tellement envie de l'étonner. Mon imagination s'emballait comme lorsqu'on tire une pelote de laine par un fil et qu'elle nous échappe. Je me voyais déjà à son bras, à l'ombre des platanes du jardin du Luxembourg. Comme elle serait belle, cet après-midi-là. Je lui aurais offert mes premiers gestes d'amoureux maladroit. Elle m'aurait payé de caresses. Je l'aurais aimée.

Cette rêverie prit fin avec l'irruption d'un maître d'hôtel.

— Du dessert, Monsieur ?

Si je n'étais pas privé de dessert, ce brusque rappel à la réalité me fit réaliser que j'étais privé de baisers. Très sincèrement, j'aurais préféré ces derniers. Pour me consoler, je pris une double part de gâteau.

Au bout de la table, un homme n'avait d'yeux que pour Clara.

Agacé, je pris mon regard le plus noir et le dévisageai. Il me répondit par un sourire. J'aurais voulu le gifler. Cette marque de gentillesse signifiait qu'il ne voyait même pas en moi un éventuel rival.

— Je ne sais pas si vous avez remarqué, dis-je à Clara, mais il y a un homme qui vous regarde.

— Je sais. Il me regarde depuis... longtemps.

Elle me cachait quelque chose.

— Regardez-le, il insiste.

L'homme fit même un sourire à Clara, au vu et au su de tout le monde. J'étais vexé, moi qui prenais tant de précautions.

— Maintenant il vous fait un sourire ! Vous trouvez ça normal ?

— Oui... C'est mon mari.

Je reçus cette réplique en plein cœur. J'avais donc été devancé. Je me doutais bien que Clara n'était pas vierge. Mais avoir devant moi la preuve qu'elle m'avait trompé m'écœurait. Je faisais l'apprentissage de la perfidie des femmes. Elle m'avait charmé, séduit, et puis au dernier moment elle me sortait un mari de son chapeau. Je lui en voulus. Elle me sourit. Je ne lui en voulais plus. C'est si beau un sourire de Clara.

Au fond, qu'elle m'ait trompé avec un mari était peut-être une bonne chose pour moi. Si elle avait eu un amant, la place aurait été déjà prise. Je fis un sourire au mari qui m'en renvoya un. Le malheureux, s'il avait su qu'il faisait risette à l'homme qui voulait le faire cocu ! Délicieux dîner qui me faisait voyager à travers mes désirs. Je nageais dans l'ambiguïté comme un poisson dans l'eau. Mais il fallait bien que je lui dise ce que j'avais sur le cœur, ou plutôt dans le cœur.

— Clara, votre mari, vous l'aimez ?

Elle sembla déconcertée par ma question et

resta pensive. Je bouillonnais. Si la réponse n'apparaissait pas évidente, il y avait de la place pour moi.

— Si je l'aime ? reprit-elle.

— Oui.

— Je lui écris encore et il m'apporte souvent des fleurs.

— Quelles fleurs ?

— Cela dépend.

— Pourtant on se souvient toujours de l'odeur des fleurs quand on est amoureux, dis-je en rougissant.

J'étais allé plus loin que mon culot. Je ne savais plus quoi dire. J'étouffais du dedans. Clara baissa les paupières pour cacher sa pensée. Son silence pesait sur mon angoisse. Je me répétais ma phrase : « Pourtant on se souvient toujours de l'odeur des fleurs quand on est amoureux. » Je craignais d'être allé trop loin, qu'elle ait deviné mon désir, tout en le voulant.

Clara sortit de son silence :

— Comment le sais-tu ?

Je risquai le tout pour le tout. S'il y a des sottises qu'on se reproche après coup, il y en a qu'on regrette plus encore de n'avoir pas commises.

— Parce que je sais trop bien que vous ne m'en avez jamais encore données, dis-je en me cramponnant à ma chaise.

Elle me regarda, dépassée par les événements, ne sachant plus comment réagir. Je lui souris, comme pour me faire pardonner de la mettre dans l'embarras. A nouveau ses paupières se baissèrent. Son souffle semblait suspendu.

— Clara..., chuchotai-je.

— Oui.

— Je repars pour Evreux ce soir. Venez me chercher vendredi soir à l'école : au collège Racine.

Elle était comme désorientée par mes avances. J'eus peur qu'elle ne me donnât une claque. Mais non, ses mains restèrent immobiles. Ses doigts semblaient seulement vouloir se rattraper au rebord de la table.

Je lui parlai encore, la sincérité en travers de la gorge :

— Vous comprenez, si je mourais bientôt, je ne voudrais pas partir sans vous avoir connue avant.

Dans le brouhaha du dîner, nous étions comme isolés. Je la regardais. Elle me regardait. Un homme et une femme, c'est parfois si simple.

— Je sors de classe à cinq heures, ajoutai-je à voix basse.

La semaine au collège fut longue. Je ne vivais plus, j'attendais. Tant et si bien que lorsque le vendredi vint, je craignis d'avoir pris mes rêves pour des réalités. Après tout, l'absence de claque ne signifiait pas forcément que Clara serait au rendez-vous.

Etais-je épris ? Je le supposais mais n'en étais pas tout à fait sûr. Un jeune qui débute a toujours du mal à reconnaître la nature de ses émois. J'étais d'ailleurs excusable ; la passion n'a jamais été bien identifiée. En tout cas, si je n'étais pas amoureux, Clara me donnait envie de l'être.

J'étais follement intrigué. Ce monde féminin aux seins lourds et aux hanches délicieusement marquées me fascinait. Clara n'était pas comme les filles de mon âge. C'était une femme pour les grands, une vraie.

A la sortie du collège, j'attendais au milieu de la cohue des gosses qui rentraient chez eux pour le week-end. Les femmes qui venaient chercher leur enfant se transformaient en mères à vue d'œil. Elles prenaient un air responsable, leurs gestes se faisaient maternels ou feignaient de l'être. Une bourgeoise aussi digne que ridicule me fit sourire. Son petit garçon accroché à ses jupes prouvait qu'un monsieur avait déjà dû faire un sort à sa fleur. Je pris un malin plaisir à l'imaginer à l'œuvre, basculée sur un lit, haletante et hurlant : « Encore ! »

Clara n'était toujours pas là. Je cachais mon anxiété sous des airs de rien, saluant quelques amis. Puis les enfants se dispersèrent à tous vents.

Je devais me rendre à l'évidence : elle ne viendrait pas. Les oiseaux avaient beau chanter dans les arbres, mon cœur battait de l'aile.

Soudain, un bruit de moteur me sortit de ma langueur honteuse. Une Rolls Royce s'avançait dans l'allée qui mène au collège. La voiture s'arrêta. Clara en sortit, comme ça, comme si c'était vrai. Alors j'ai ri ; quand la vie vous fait un clin d'œil, il faut rire. Il y a des instants magiques qui semblent avoir été faits exprès pour être vécus. On se sent drôle. On est si mal élevé pour le bonheur que quand il vient on est maladroit, avec des gestes de novice.

Clara s'est avancée vers moi. Elle m'a regardé. Je lui ai pris la main. Nous étions seuls. Les oiseaux chantaient pour nous. Le soleil aussi brillait pour nous. Dieu qu'elle était belle dans sa robe qui laissait voir ses jolies jambes.

. .

La voiture roula longtemps. Le chauffeur Albert était concentré sur la route. Clara me regardait. Moi je ne voyais que du bonheur. Un panneau surgit au bord de la route. Il était inscrit : DEAUVILLE. J'entrais dans une ville de riches à bord d'une Rolls : tout était pour le mieux dans le meilleur des mondes.

Le soleil se couchait. J'aurais bien voulu faire de même avec Clara. Mais il y a un temps pour tout.

Nous marchions sur la plage en respirant les odeurs de la mer. Clara faisait des petits pas et moi des grands; nous avancions à la même cadence. Elle me vantait les mérites de l'air marin. Mais je me foutais pas mal de mes bronches. Je n'étais pas venu pour faire une cure. Aussi orientai-je habilement la discussion vers ce qui me préoccupait :

— Clara, comment se fait-il que nous soyons ici ?

— Les contes de fées, cela arrive parfois.

— C'est toi la fée ?

— A moins que ce ne soit toi le magicien.

Ces belles paroles ne m'éclairaient pas davantage sur l'issue de la soirée. Pour le moment, je ne lui avais tenu que la main. L'horizon avala ce qui restait du soleil. Nous étions les derniers sur la plage. Déjà les premières étoiles se disposaient dans le ciel. Prétextant la fraîcheur de la soirée, je lui pris le bras que je serrai. Elle me répondit

51

par une pression de sa main dans la mienne.

Mais ce que je voulais, c'était le grand jeu, ce que je ne connaissais pas encore, ce qui se passe quand la porte des amoureux se referme, et non pas ces petits jeux de mains. Le romantisme ne m'étouffait pas. On est si pressé à seize ans.

Je n'avais connu qu'un petit nombre de filles, du bout des lèvres, du bout des doigts, avec quelques gestes improvisés. Mais avec les filles, c'est affreux. On s'effleure des mains, on balbutie des caresses, on se fait plus de peur que de bien. Avec Clara, ce serait différent, me disais-je. Elle m'apprendrait la volupté. Comment lui dire que je la désirais ? Comment se disent ces choses ? Faut-il les dire ? Un peu d'expérience m'aurait aidé ; mais là, je n'avais d'autre issue que de me jeter à l'eau :

— Clara...

— Oui.

— Ce soir... on dormira ensemble ?

J'avais dit ces mots avec la légèreté qu'on donne parfois aux choses graves pour mieux les faire passer. J'espérais que cette apparente désinvolture rendrait la question anodine au cas où Clara me reléguerait dans un petit lit pour la nuit.

Je la regardai ; elle me sourit.

Elle m'avait dit oui, pour de vrai ! C'était Noël et mon anniversaire à la fois. Je vibrais du dedans comme un papillon devant une jolie fleur, ne sachant plus si je l'aimais ou si je l'adorais.

J'allais enfin avoir une femme, enfin devenir un homme. Combien de temps m'avait-il fallu ? Que c'est long l'enfance, que c'est long seize ans !

Heureusement que je n'étais pas un éléphanteau. Il paraît que le petit de l'éléphant met encore plus de temps que l'homme pour devenir adulte.

En rentrant dans le hall de l'hôtel Normandy, à Deauville, je craignais qu'on ne nous donnât pas de chambre. Je m'avançai vers la réception, laissant Clara sur mes arrières.

— Bonsoir, nous voudrions une chambre, dis-je avec sérieux.

Interloqué, le réceptionniste évalua mon âge et le compara à celui de Clara. Elle se tenait de dos mais, de toute évidence, l'écart qui me séparait d'elle avait de quoi heurter les convenances.

— « Une » chambre ? reprit-il.

Les choses se présentaient mal. Habitué à être grondé par les adultes, j'eus peur que le réceptionniste ne me fît la leçon. Mais il se contenta de toussoter. Je me ressaisis et insistai d'une voix ferme :

— Oui, une chambre.

— Heu... Ecoutez, je vais voir ce qui nous reste.

Le réceptionniste s'enfuit en direction de son supérieur. Les deux hommes se parlaient à voix basse. Je craignais le pire, bien entendu.

Clara me jeta un regard. Je revins vers elle, la mine délabrée, le regard criant au secours.

— Tu crois que ça va marcher ?

— Bien sûr...

La trouille vissée au fond du ventre, je voulus bien la croire, parce que cela m'arrangeait. De quoi aurions-nous eu l'air si on nous avait jetés dehors ? J'ai toujours eu peur des apparences.

Le chef réceptionniste fit un signe à Clara. Etait-ce le signe de la débâcle ?

— Madame Delage !

Nous nous approchâmes.

— Bonsoir madame.

— Bonsoir, fit Clara. Je suis désolée, je n'ai pas réservé.

— Nous avons toujours une chambre pour vous.

Apparemment, elle était connue dans la maison. Nous étions sauvés. Le chef réceptionniste me regardait avec un petit sourire en travers de la bouche.

— Monsieur ressemble à sa mère, fit-il poliment.

Clara sourit, amusée. Moi je riais jaune. Cette méprise picotait ma fierté. Je faillis protester, mais une idée me vint à l'esprit : peut-être ne m'avait-il considéré comme le fils de Clara que pour sauver les apparences. Je lui sus gré de son hypocrisie et gardai pour moi mes vociférations. Il poursuivit :

— Je vous donne la treize qui communique avec une petite chambre, pour monsieur.

— Si ça peut vous rassurer, lui répondis-je.

Tout le monde fit semblant de ne pas avoir

entendu ma réplique, moi y compris ; elle m'avait échappé.

Clara conclut l'affaire :

— Ce sera parfait. Merci, bonsoir.

— Bonsoir madame.

Nous nous éloignâmes de la réception en direction de l'ascenseur. Clara marchait dignement. L'ascenseur s'ouvrit, nous pénétrâmes dans la cabine. Les portes se refermèrent. Et là, nous avons ri comme des gosses ! Nous avions réussi, nous avions une chambre, un lit d'amour.

Le rire aidant, la tension se relâchant, les gestes devinrent moins précis. Je me suis rapproché de Clara. Elle avait cessé de rire, son visage était si clair qu'il laissait transparaître ses émotions. Le silence entretenait nos regards. L'intensité ralentissait les instants. Je lui ai pris la main et nous nous sommes embrassés. J'étais amoureux, cette fois-ci c'était sûr. Ce fut mon premier baiser d'amour. J'en avais le cœur tout ébouriffé.

Puis la chambre est venue, avec son cortège de peurs pour le puceau que j'étais encore. Je me sentais si seul devant cette femme, devant mon désir. Heureusement, Clara me tenait la main.

— Clara, balbutiai-je, on sort dîner ce soir ou... Ou on reste ici ?

— Comme tu veux.

— Moi je n'ai pas très faim, lui répondis-je la gorge sèche.

— Moi non plus..., fit-elle doucement.

Je mourais d'envie de la prendre dans mes bras ; mais il aurait fallu, pour cela, qu'elle éteignît les lampes de la chambre. Jamais je n'aurais osé, en pleine clarté, franchir le mètre

56

qui me séparait d'elle. Mon inexpérience des gestes de l'amour risquait d'apparaître avec trop d'évidence : je perdrais le peu de crédibilité que j'avais tenté d'accumuler pour la séduire. Un peu d'obscurité m'aurait aidé ; mais je craignais qu'en éteignant la lumière avec trop de promptitude elle ne me prît pour un jeune coq avide de sexe. Paralysé, je priais pour qu'elle appuyât d'elle-même sur l'interrupteur ; car il n'était, bien évidemment, pas question que je lui fisse part de mon embarras. Ce simple aveu m'aurait gêné plus encore. Il fallait que ce fût elle qui mît fin à ce terrible supplice ; mais elle ne paraissait pas comprendre la situation. Heureusement, au bout de quelques secondes, mon mutisme finit par la mettre mal à l'aise et, apercevant le bouton qui commandait l'ensemble des lampes de la chambre, elle s'empressa de les éteindre. Je respirai.

— Clara..., chuchotai-je.
— Oui.
— J'ai le trac, tu sais.

Cela arrive même aux vieux comédiens, dit-on. Moi qui n'avais jamais répété cette scène, je devais pourtant jouer ce soir-là. Le rideau s'était ouvert, impossible de reculer. Mais ma timidité finit par s'atténuer, comme si la pénombre m'avait libéré de la responsabilité de mes mouvements. Je fis un pas et tendis ma main vers son visage. Elle posa sa joue contre ma paume et sa tête glissa contre mes doigts dans un léger va-et-vient. C'était le rythme de la tendresse. Dans un rayon de lune qui, passant par la fenêtre, éclaira ses yeux, je surpris toute la douceur de Clara.

— Clara, on est des enfants, tous les deux, dis-je émerveillé.

Elle m'emmena vers le lit. Ragaillardi par cette invite qui, je l'imaginais, en disait long sur ses arrière-pensées, je me dépêchai de retrousser sa robe. Elle m'interrompit sur ma lancée.

— Doucement, il n'y a pas le feu...

C'était, à proprement parler, faux. J'avais le feu aux fesses. Mais mieux valait modérer ma fougue, plutôt que de courir le risque qu'elle m'expulsât de la chambre pour excès de vitesse. Nous nous allongeâmes sur le lit. Elle m'embrassa longuement ; ce baiser me parut interminable, il ne faisait que retarder l'instant où, je l'espérais, elle se donnerait à moi. J'entrepris à nouveau de la débarrasser de ses vêtements, mais elle m'en empêcha. J'insistai, elle repoussa ma main.

— Non, pas encore, attends...

Je ne voyais vraiment pas pourquoi il fallait patienter ; après tout nous étions dans la bonne position ! J'attribuai alors ce qui me semblait être un manque d'entrain de sa part à une baisse de tonus. Clara ne devait pas être en forme ; à moins qu'en fait son désir ne fût pas aussi intense que le mien ; car si je lui avais inspiré de la passion, elle n'aurait pas mis un frein à mes légitimes ardeurs. L'affaire aurait été expédiée en deux temps trois mouvements.

Blessé dans mon orgueil de petit mâle, je restai désemparé. Il fallait que je fusse un bien piètre séducteur pour qù'elle montrât tant de réticence ; c'est du moins de cette façon que j'interprétais son refus de se laisser déshabiller.

— Caresse-moi..., dit-elle doucement.

Je soupçonnai, derrière cette demande, une manigance de femme, une ruse perfide destinée à repousser encore le moment crucial. La diablesse! Elle devait très certainement se jouer de moi; car enfin ce n'était pas moi qui l'avais attirée vers le lit, mais elle qui m'avait pris par la main.

— Caresse-moi, reprit-elle.

— Tu ne veux pas faire l'amour? demandai-je désespéré.

— Si, bien sûr, mais il faut du temps...

— Pourquoi?

— Pour que nos corps s'apprivoisent, qu'ils apprennent à se reconnaître l'un l'autre. Il faut que tu me déshabilles, tout doucement, comme on ouvre une fleur sans l'abîmer, et que tes caresses, très lentement, réveillent ma peau, du bout des doigts, sans que jamais ton souffle ne s'écarte trop du creux de mon oreille; et alors, quand toi aussi tu seras tremblant de désir, mais seulement à ce moment-là, peut-être que nous ferons l'amour.

— Ça peut prendre combien de temps?

— Des heures, toute la nuit, on ne sait jamais. C'est à chaque fois la même chose et pourtant toujours différent; mais au bout, tout au bout de la nuit, tu connaîtras la volupté.

Elle avait dit ces mots sur un ton mystérieux et envoûtant, comme on prononce des incantations magiques; mais la forme, pour plaisante qu'elle fût, ne changeait rien au fond: je ne me voyais pas tenir la distance dans ce marathon de la caresse. Très honnêtement, c'est un peu dur pour un jeune qui débute. Il faudrait que j'attende des heures avant de pouvoir la culbuter pour de bon, et encore ce n'était même pas sûr. Si je calculais bien, les préludes dureraient au moins deux heures, puisqu'elle avait employé le pluriel, soit l'équivalent de deux cours de maths, sans faire de pause entre les deux ! Vraiment, ça me semblait un peu cher payé le coït. Il aurait été tellement plus simple d'alléger la procédure en supprimant ces interminables préliminaires. Je lui fis part de mon point de vue ; après tout, nous étions associés à cinquante-cinquante dans cette affaire. Elle me répondit par un soupir agacé, comme si ma suggestion avait heurté sa sensibilité. J'étais confus, honteux de mes instincts ; je lui fis même mes excuses, maladroitement, en m'empêtrant dans mes mots. C'est alors que, sans crier gare, Clara se redressa comme une furie, ôta sa robe d'un geste et arracha ma chemise. Son soutien-gorge sauta comme les élastiques d'un lance-pierres et ses deux seins blancs rebondirent.

— Ah tu veux aller vite ! s'écria-t-elle.

Piquée au vif par mes demandes répétées et insistantes, Clara avait fini par s'exaspérer ; et, comme pour se venger, elle s'était soudain déchaînée avec, apparemment, la ferme intention de me violer. Sa culotte voltigea. J'attrapai un coussin, pour me protéger, mais peine perdue ; elle l'expédia au fond de la chambre et ses mains enfiévrées me dénudèrent comme un fil. Les fesses à l'air et très inquiet, je me réfugiai dans les draps, ultime rempart de ma virginité ; mais, avant même que j'aie pu protester, elle se glissa dans le lit et me grimpa dessus, à califourchon. Jamais, depuis, je n'ai été pris de façon si cavalière, dans tous les sens du terme. Elle me chevauchait littéralement, en activant son bassin avec vigueur, tel un hussard sonnant la charge, lorsque, tout à coup, son halètement s'accompagna de couinements de chiots. Craignant que sa difficulté à respirer ne dégénérât en crise d'asthme, je m'enquis de son état :

— Clara, ça va ?

Mais, accaparée par son trouble respiratoire qui, apparemment, la faisait souffrir puisqu'elle gémissait, elle ne me répondit pas. Nul doute, ce devait être de l'asthme. Je connaissais bien les symptômes : l'Arquebuse avait souvent eu des crises. Mais, pour le moment, je ne pouvais rien faire. Impossible de me dégager. Les cuisses de Clara m'enserraient comme des tenailles. La situation empirait : son souffle se faisait plus rapide, boitant d'un poumon sur l'autre, et, soudain, son corps se tendit comme un arc avant de se figer, quelques secondes, dans un tremblement nerveux ; puis elle poussa un cri et s'affaissa sur le côté, presque inconsciente. Je n'avais jamais vu une crise d'asthme aussi violente. Elle avait été terrassée d'un coup et gisait à mes côtés, sans force.

— Clara ! Clara ! dis-je affolé.

Les yeux mi-clos, hagarde, elle paraissait ne pas m'entendre. Alarmé par son absence de réaction, je décrochai le téléphone, posé sur la table de nuit, pour appeler du secours ; mais sa main me retint de composer un numéro.

— Que fais-tu ? me demanda-t-elle.

— Je, je... Ça va mieux ?

— Ça va même très bien, me répondit-elle en souriant.

— Tu m'as fait peur...

Je réalisai alors mon erreur et, un peu honteux d'avoir pris son orgasme pour une difficulté respiratoire, je décidai de lui cacher ma méprise. Mieux valait mentir plutôt que de passer pour plus novice que je ne l'étais.

— De quoi as-tu eu peur ? reprit-elle.

— J'ai cru qu'en tombant sur le côté tu avais heurté ta tête sur le coin de la table de nuit.

— Ah...

L'affaire en resta là. Ce n'est que plus tard, dans la nuit, qu'elle me fit à nouveau l'amour, le vrai, sans tricher, à coups de fesses pour compenser ma maladresse, à coups de caresses lentes et enivrantes. Ce fut, cette fois, d'une exquise douceur. Subjugué par l'âpre pouvoir des sens, sans brusquer le cours des choses, je laissai, pour la première fois, la volupté m'envahir par vagues successives.

Tout avait été si vite : le dîner, la semaine au collège, la soirée, mon dépucelage en forme de viol. Je vivais enfin comme s'il avait fallu que je meure le lendemain, à l'économie, en ne laissant pas un instant se perdre.

Ma vie tirait, pour le moment, aussi bien que la grande cheminée de la cuisine de l'Arquebuse et, déjà, à l'horizon se dessinait l'homme que je serais. Pff... fichue enfance, quelle gangrène, ça vous bouffe un type de l'intérieur, une calamité en vérité, il faut bien le dire, tout comme les sauterelles ou le choléra ; mais elle n'en avait plus pour longtemps, la mienne, bientôt je lui botterais le train pour l'expulser définitivement hors de moi. Bientôt je serais grand. Rien, ni personne, ne pourrait m'en empêcher.

Le lendemain matin, le soleil était déjà haut quand nous descendîmes nous promener sur les planches de Deauville. Nos ombres entrelacées nous suivaient à la trace et nos regards, perdus vers le large, venaient s'échouer sur la côte qui, à perte de vue, longeait la mer.

Sur la plage, des enfants couraient pour faire

63

monter des cerfs-volants vers l'endroit où il aurait pu y avoir des nuages ; en général, la Normandie ne ménage pas son ciel en hiver ; mais il faisait beau. La robe de Clara aussi était belle.

Je l'interrogeais sur les mœurs amoureuses des autres. L'amour ayant fait durer la soirée, nous nous étions endormis à l'aube et donc levés tard.

— Comment font les autres ?

— Qui ?

— Ceux qui font l'amour.

— Que veux-tu dire ?

— Si à chaque fois, ils doivent dormir jusqu'à midi, ça complique la vie.

— Oh, écoute, ils s'arrangent.

J'imaginai les diverses solutions. Peut-être ne forniquaient-ils qu'en vacances ? Si les curés tiennent, en général, toute une vie, les gens normaux peuvent bien attendre les vacances. Je compris soudain le véritable enjeu des luttes sociales pour rallonger les congés payés. Pauvres adultes, me dis-je, on pourrait bien leur accorder une semaine ou deux en plus.

Alors que je développais ces réflexions socialement avancées, j'eus soudain une vision de cauchemar, à une centaine de mètres devant nous.

— Merde !

— Qu'est-ce qu'il y a ? me demanda Clara.

Les mains dans les poches, mon père venait vers nous en devisant avec deux amis. Leurs pas rythmaient leurs paroles et les battements de mon cœur à mesure qu'ils se rapprochaient.

— Clara, devant nous, c'est mon père.

— Raoul ? fit-elle comme si la lune venait de se décrocher.

— Oui.

L'un des amis de papa semblait nous avoir reconnus. Le doute retint un instant ses gestes, puis il tapota l'épaule de papa qui releva la tête et nous épingla du regard.

— Clara, ils nous ont reconnus, chuchotai-je affolé.

Elle avait l'air d'une enfant prise en faute. Moi aussi, mais c'était plus naturel. Nos regards se fondirent dans un effroi commun ; nous étions perdus. Comment justifier notre présence, ici à Deauville ? Le rêve se déchirait et prenait soudain l'apparence sordide d'une petite affaire de mœurs. Le regard des autres venait salir notre histoire. Qu'il est bête parfois le regard des autres. Et papa avançait toujours, le visage figé d'incompréhension.

Que faire ?

« De l'audace, encore de l'audace, toujours de l'audace », disait Danton. Sans rien dire, j'accélérai le pas et pris le bras de Clara pour l'entraîner vers papa. Elle suivit le mouvement en se rattrapant physiquement et moralement à mon épaule.

Nous nous arrêtâmes face à mon père sidéré par notre apparition. Ses amis et lui-même firent assaut de courtoisie pour saluer Clara, mais mon cas semblait déranger tout le monde.

— Mais... mais qu'est-ce que tu fais là ? Tu ne devais pas rester au collège ? me demanda papa.

— Ce que je fais là ?

— C'est une jolie journée pour se promener, répondit Clara.

Mais il insista :

— Que fais-tu, ici, à Deauville ?

— Je suis venu avec Clara ; je l'aime.

Papa prit un air voisin de la stupéfaction. Ses amis semblaient manifestement gênés d'être mêlés à cette affaire. Quant à Clara, l'étonnement lui fit ouvrir si grand la bouche qu'elle faillit se déchirer la commissure des lèvres.

Je mis les points sur les i à mon père :

— Oui, oui, tu as bien entendu : on s'aime et on est venu passer un week-end en amoureux.

C'est alors que survint l'événement imprévu. Clara me regarda et, effarée par ce qu'elle croyait être mon culot, se mit à rire. Son fou rire eut l'effet d'un coup de tonnerre dans le climat lourd de malentendus qui régnait entre nous tous. Papa et ses deux amis suivirent Clara de bon cœur, et peut-être aussi par politesse, personne ne sachant exactement pourquoi tout le monde riait. Je pressentais quelque chose de désagréable à mon égard et mes craintes se confirmèrent lorsque papa prit la parole :

— Pardonne-lui, Clara... Virgile a toujours eu une imagination débordante.

C'était donc ça : ni lui ni ses amis n'avaient pu, ou peut-être voulu, croire un instant que j'étais l'amant de Clara. Je passais pour un plaisantin de mauvais goût.

— Mais c'est vrai ! hurlai-je.

— Bien sûr..., me répondit papa comme s'il parlait à un gosse.

— Je vous jure que c'est vrai !

— Oh ça va, Virgile, me rétorqua-t-il avec la plus grande sécheresse. Arrête de faire l'enfant.

C'était un comble. On exigeait de moi une conduite d'adulte, sans me reconnaître apte à aimer une femme.

— Clara, c'est vraiment gentil d'avoir emmené Virgile prendre l'air, poursuivit papa.

— Oh, mais c'est un plaisir, répondit-elle le sourire aux lèvres.

Elle éclata de rire à nouveau ; les autres aussi, mais jaune, ne sachant soudain plus quoi penser.

Au collège, je racontai tout à un camarade qui suivait les méandres de mes aventures en se raccrochant à mes paroles.

— Et ils ne m'ont pas cru, conclus-je. J'avais beau leur expliquer que Clara était ma maîtresse, ces imbéciles n'arrêtaient pas de rire.

— Tu as vraiment une petite amie qui a trente-cinq ans ? me demanda-t-il avec l'air le plus soupçonneux.

— Toi non plus, tu ne me crois pas ?

J'étais découragé, dégoûté par mon incapacité à projeter l'image que je me faisais de moi-même. J'avais une maîtresse, mais je n'avais pas une tête à avoir une femme. Mes gestes aussi me trahissaient par leur côté juvénile et spontané. Je ne parvenais pas à les figer dans une morgue qui, je le pensais, me vieillirait. Ma voix n'avait pas encore cette sonorité cassée qui donne du poids aux propos aigris des adultes revenus de tout. J'étais un jeune avec tout ce que cela comporte d'odieux quand on veut se vieillir.

Quand donc serais-je grand ?

Je le voulais tellement, du fond de ma rage de

vivre. Merci Clara, jolie femme qui m'a donné l'espace d'une nuit l'illusion d'être un homme. Merci pour cette main tendue que je pris pour traverser le pont qui mène au pays des hommes et des femmes.

Qui donc étais-tu ? Ouvre-moi ta tête comme tu m'as ouvert tes bras. Mais qui donc étais-tu, toi ma première femme ? Toi et ton cul de reine avec tes seins pour les enfants.

Derrière les hauts murs de la pension, je retrouvais le temps de l'enfance divisé par l'école en cours d'une heure. Je retrouvais aussi les rangs où l'on se fond dans un anonymat discipliné. Par contre, je ne retrouvais pas le sérieux nécessaire pour apprendre à penser comme il faut. Clara hantait ma scolarité qui s'évaporait en rêves où je lui tenais la main, où ses caresses n'en finissaient pas de m'enivrer.

Mes notes fondaient comme neige au soleil.

En étude, un soir, je pris ma plume et, de mon écriture montante sur la page, je lui écrivis mon premier billet doux :

Clara, il n'y a plus que mon écriture qui monte. Sans toi je sombre. J'arrive samedi matin. Mon train sera à Paris à midi. Viens me chercher, je t'en supplie. Garde-moi ton corps tel qu'en nos dernières caresses.

Virgile.

Je relus ma lettre avec beaucoup d'indulgence pour mon style et la mis dans une enveloppe que j'humectai avec la pointe de ma langue, avant de la cacheter. Ce geste érotique me donna un avant-goût, si j'ose dire, des festivités que j'espérais pour le week-end. En amour comme en tout, il faut savoir mêler le corps et l'esprit. C'est ce que m'avait confié un épicurien, grand amateur de femmes, qui poussait fréquemment sa philosophie jusqu'à l'orgie.

Mais comment Clara allait-elle me présenter à son mari ? Elle pouvait mentir, les choses en seraient simplifiées ; mais cette solution n'avait pas ma faveur. Je tenais à assumer pleinement mon nouveau statut d'amant. A moins que le mari ne prît vraiment mal la chose. Auquel cas, je ne voulais pas courir le risque qu'il me donnât une fessée devant Clara. De quoi aurais-je eu l'air ?

Je retournais sans cesse les divers arguments qui s'entrechoquaient dans mon esprit sans parvenir à une conclusion. Après tout, c'était l'affaire de Clara, me dis-je. Ce n'était pas moi qui étais marié avec ce gêneur. Libéré de ce tourment, je décidai de me consacrer exclusivement à l'oisiveté. Clara, tu savais me faire rêver.

Le samedi vint.

En gare d'Evreux, je pénétrai dans le train qui venait d'arriver. Un compartiment était vide. Je l'occupai, ravi d'être seul pour voyager jusqu'à Paris, jusqu'à Clara ; et, alors que je prenais mes aises, mon professeur de français se profila au bout du couloir. Je tournai la tête pour qu'il ne sût pas que je l'avais vu afin de lui permettre à lui aussi de m'éviter. Cette ruse digne d'une autruche ne porta pas ses fruits. Il m'aperçut et entra dans le compartiment :

— Je peux m'asseoir, Virgile ?

A contrecœur, je l'invitai poliment à prendre un siège. Il s'installa avec sa petite valise. Les os de ses fesses devaient être aussi pointus que son nez car il se tenait fort droit, comme en équilibre sur son cul.

— Pourquoi vas-tu à Paris ? me demanda-t-il.

— Je vais retrouver ma maîtresse.

Mon professeur, surpris, retira ses lunettes avec calme.

— Ta maîtresse, tu dis...

— C'est la plus jolie femme du monde. Vous aimez les femmes ?

— Non, Virgile.

— Oh, monsieur le Professeur...

— Ne te méprends pas. Je préfère la musique. Je vais d'ailleurs à Paris pour assister à un concert.

— Vous riez quand vous dites que vous n'aimez pas les femmes ?

— Ai-je la tête de quelqu'un qui a de l'humour ?

— Si vous saviez ce que vous manquez...

Mon professeur prit un air songeur et se laissa un moment bercer par le roulis du train.

— Tu as donc une maîtresse, reprit-il.

— Fabuleuse...

— Mais pourquoi si tôt ?

— Avec Clara c'est déjà si tard...

Il me semblait l'avoir toujours attendue sans la connaître. Maintenant que je l'avais rencontrée, je l'attendais plus encore.

— Tu sais, ce n'est pas tout à fait correct de dévergonder des filles de ton âge.

— Oh, mais n'ayez aucune crainte ; la morale est sauve ! Elle pourrait être ma mère, lui chuchotai-je.

— Vraiment ? fit-il avec un air plus affecté que jamais.

— Elles auraient presque le même âge.

Il se replongea dans ses pensées, comme pour couver une réplique qui vint à point :

— Virgile, ne vis pas trop vite.

— Je ne peux pas faire autrement. C'est le temps qui passe trop vite...

L'heure tournait ; le train filait dans la campagne ; les poteaux défilaient. Pourtant, à ce moment-là, le temps me paraissait si lent. La vie semble traîner quand on attend un baiser.

A l'arrivée, dans la cohue de la gare, je cherchai le visage de Clara, à tâtons, en furetant du regard à droite à gauche. Le flux des voyageurs me déplaçait malgré moi. Où était-elle ? L'air légèrement amusé, mon professeur me surveillait du coin de l'œil. Il devait penser que je m'étais moqué de lui. Je passais pour plus menteur que je ne l'étais, avec toute la honte qui s'ensuit.

A la sortie de la gare, il allait me saluer d'un œil narquois quand j'aperçus tout à coup la Rolls de Clara. Mon futur cadavre dut s'en retourner de joie dans sa tombe.

Elle était là, exprès pour moi, avec toute sa beauté dissimulée dans l'ombre de la voiture. L'émotion m'oppressait tellement que je m'adressai essoufflé à mon professeur :

— Je... je vous laisse. Elle m'attend.

Tel le lièvre, je détalai vers Clara. Mon petit prof mélomane me regarda l'embrasser à pleine bouche avec un rien d'étonnement qui troubla son flegme. Puis il nous salua poliment et disparut. Clara n'était pas gênée. Elle n'a jamais eu honte de son bonheur.

A notre arrivée, au moment d'ouvrir la porte de son hôtel particulier, j'eus soudain un mouvement de recul.

— Ton mari, ce n'est pas un violent ?

— Non.

— Parce que s'il me mettait une fessée devant toi, ça me gênerait drôlement.

C'était une idée fixe, ou plutôt une crainte fixe. Je sentais qu'il aurait suffi d'une fessée pour ruiner mon nouveau personnage.

Je pénétrai dans le salon. Les ombres de la nuit manquaient au décor et la lumière du jour achevait de dissiper le fantôme de cette soirée où Clara m'était apparue pour la première fois. Sans invités, la pièce était aussi triste qu'un guignol sans marionnettes.

— La dernière fois que je suis venu, j'étais un petit, dis-je pour marquer le coup.

Je la questionnai sur la richesse de son mari. Elle me répondit qu'elle était immense et s'étendait par-delà les océans ; elle comprenait le contenu et le contenant des boîtes de sardines, avait la douceur du papier hygiénique ou la viscosité du pétrole. Ce milliardaire cocu fabriquait tout. Il fumait ses cigares, respirait l'oxygène des forêts qu'il possédait, buvait le vin de ses propriétés. Mais c'était moi qui couchais avec sa femme ; ce qui prouve qu'il y a une justice en ce bas monde.

Restait un problème de taille. Qui allait dormir avec qui ?

— Viens, je vais te montrer ta chambre, me dit Clara.

— Je dors tout seul ?

— Tu as peur du noir ?

Je ne supportais pas qu'elle se moquât de mon âge. C'était chez moi un point aussi sensible que le foie chez les alcooliques.

— Et toi, avec qui dors-tu ? lui demandai-je.

— Avec moi, dans ma chambre. Et Jean dans la sienne.

Jean, c'était son mari, l'homme dont l'ombre m'inquiétait. Je ne connaissais de lui que son regard sur Clara, lors du premier dîner. Ses yeux m'avaient paru profonds comme l'amour dont ils enveloppaient Clara.

Que venais-je faire entre elle et lui ?

Encore ignorant des énigmes qui constituent l'ordinaire des rapports entre les hommes et les femmes, je restai songeur. Ce Jean m'intriguait. Pourquoi avais-je été plus fort que lui ? C'était la première fois que je surpassais un grand. Je voulais le connaître pour mieux me reconnaître.

Mais Jean n'était pas là, sans doute occupé à accroître sa fortune. Clara me donna une chambre, la chambre d'amis. J'étais pourtant un drôle d'ami. Curieusement, je ne me sentais pas gêné de loger pour le week-end chez Clara et son mari. Ma qualité d'amant de la maîtresse de maison conférait à ma présence une sorte de légitimité. J'étais presque de la famille. Et puis, c'était la première fois depuis la mort de ma mère que j'avais une chambre pour moi tout seul. Peu après son décès, mon père m'avait exilé en pension et, considérant que laisser une pièce inoccupée pendant la semaine était absurde, il avait installé son bureau dans mon ancienne chambre. Quand je revenais le week-end chez moi, on me reléguait donc pour la nuit sur un canapé dans un couloir. Mon frère Philippe me réveillait en pleine nuit en faisant grincer les parquets quand il allait aux chiottes. Pour me venger de lui, qui avait conservé sa chambre, je lui jetais à la figure mes chaussures et mes livres de classe. Parfois, lorsque les fenêtres du salon étaient mal fermées, mon bout de couloir se transformait en courant d'air et je grelottais sous mes couvertures jusqu'à l'aube. Jamais je n'aurais été fermer les fenêtres du salon. Je préférais geler jusqu'à en gémir pour faire honte à mon père. Pour l'humilier davantage encore, j'avais accroché une photo de ma mère au-dessus du canapé, de manière à ce qu'elle pût constater comment il me traitait. Le tirage était jauni mais j'étais sûr qu'elle voyait tout.

Chez Clara j'avais une vraie chambre, avec un pucier digne du Roi-Soleil. Il y a des lits faits pour dormir. Celui-là paraissait conçu pour l'amour.

Sur le coup de cinq heures, nous décidâmes de sortir avant que le soir n'achevât la journée ; et, alors que nous passions devant un grand horloger, Clara voulut m'offrir une montre. J'en pris deux. Normal, j'ai deux poignets. Avec un seul de ces joujoux j'aurais eu l'air d'un type qui se sert de sa montre pour avoir l'heure ; et, ce jour-là, j'avais l'éternité devant moi. Tandis qu'avec deux montres, j'affichais ma capacité à jouir pleinement de la vie. J'avais d'ailleurs choisi deux modèles très chers, incrustés de diamants, dans le plus pur mauvais goût.

Tout en écrivant le prix de ces deux hochets sur un chèque, Clara me regardait avec des yeux ronds comme des billes. J'étais satisfait que ce fût elle, ma maîtresse, qui payât. D'abord parce que ma tirelire était vide ; et, ensuite, parce que j'avais besoin que la femme que j'aimais me donnât tout : son cœur, son corps et son argent. Il n'y avait là aucune âpreté au gain mais plutôt un besoin d'amour total.

Dieu que je l'aimais, Clara. Avec ses jambes faites pour les caresses, je la voyais promener son charme le long des avenues. Comme on voit mieux Paris à seize ans au bras d'une femme !

Les rues nous conduisaient vers des maisons superbes, cachées parfois derrière des porches. La capitale semblait avoir vécu longtemps. Les époques s'entassaient dans la pierre taillée des façades. En historien plus imaginatif que savant, je refaisais l'histoire de chaque édifice. J'éclairai de mon regard la réalité souvent morne de façon que Clara se crût au paradis en ma compagnie. C'était du moins ce que j'espérais.

J'affirmai sans discussion possible que la tour Eiffel avait été construite par un prince russe qui voulait faire l'amour avec une danseuse de l'Opéra au-dessus de Paris. Toujours selon mes sources, la tête de la tour avait été creusée afin qu'une garçonnière pût y être aménagée pour s'envoyer en l'air dans les nuages.

Au détour d'une avenue, nous entrâmes chez un grand couturier. L'extravagance des modèles exhibés dans les salons prouvait la volonté délibérée du créateur, sans doute pédéraste, de ridiculiser la gent féminine. Je ne voyais pas d'autre explication. Clara en essaya plusieurs, passant et repassant devant des glaces. Les prix n'étaient pas indiqués pour ne pas faire fuir la clientèle. Très vite, une angoisse me prit à la gorge. Il n'y avait pas de raison pour qu'elle arrêtât ses essayages. Je ne me voyais plus ressortir du magasin.

Elle me demanda quelle robe je préférais. Comme pour défier le bon sens, je lui répondis que nous les prenions toutes ; ce qu'elle fit sans broncher ! Avec Clara, l'argent n'était qu'un ensemble de mots écrits sur des chèques.

Les avait-elle achetées pour son plaisir ou pour mieux me surprendre ? Il me semble que, par son exemple, Clara ne cherchait qu'à me montrer combien il est pernicieux, voire toxique pour l'âme, de fixer des bornes à ses désirs. La démonstration avait cela de plaisant qu'elle était financée par son mari.

Non loin du grand couturier, à l'angle d'une rue, nous tombâmes sur un train électrique qui sillonnait la vitrine d'un magasin de jouets. C'était véritablement l'un des plus beaux, l'un des plus chromés qu'il m'ait été donné de voir au cours de ma longue carrière de fanatique de trains modèles réduits. Dans la foulée, nous l'achetâmes.

Un peu fatiguée par notre promenade, Clara voulut rentrer ; mais, au sortir de la boutique, j'aperçus l'enseigne d'un petit hôtel et lui donnai un coup de coude. Elle vit l'établissement et me sourit. Sans oublier les paquets de mon train électrique, et sans lui laisser le temps de dire non, je la pris par la main et l'entraînai dans l'hôtel. On nous donna une chambre.

L'endroit était miteux, mais je ne voyais qu'elle.

Le lit était trop petit, mais ne fait-on pas mieux l'amour à l'étroit ? Quand elle se déshabilla, mes pupilles se dilatèrent pour ne pas perdre une bribe de sa beauté. Elle me prit dans ses bras et me serra contre son corps chaud.

Confondant aimer et désirer, je la basculai dans le lit. Mais, entre deux souffles de Clara et comme perdu au milieu de ses jambes, je vis soudain les boîtes de mon train posées sur une table. Cette brusque irruption de l'enfance me troubla. Si l'appétit sexuel ne me manquait pas, je n'en demeurais pas moins un enfant. Clara coupa court à cette prise de conscience en prenant d'assaut ma bouche. Ses mains fines réveillèrent ma peau et l'ivresse des sens me fit chavirer l'esprit.

Quand donc serais-je grand? Suffisait-il de faire l'amour pour grandir? Plus je mimais l'âge adulte, plus je sentais l'écart qui me séparait encore de l'homme que je serais. Quand le corps court en avant et que l'esprit reste en arrière, quelle disgrâce. Mais quand l'esprit mûrit avant le corps, quelle souffrance!

Après l'après-midi fou que Clara et moi avions vécue, le retour au collège fut un voyage au bout de la nuit. Je laissais mes rêves au fond de mon pupitre avec mes deux montres que j'y cachais. Leur tic-tac résonnait aussi lugubrement que mes pas dans les grands couloirs. Le temps paraissait s'étirer exprès pour m'empêcher de la revoir.

En classe, je regardais les autres élèves avec commisération. Moi, au bout du tunnel, à la fin de la semaine, j'avais Clara. Mais eux, qu'avaient-ils ? Leur enfance de collégiens se poursuivait chez leurs parents. Jamais on ne les laissait remonter à la surface ; et si par hasard ils flirtaient, ce n'était qu'avec des filles, pâles imitations des vraies femmes. Ils ne pouvaient espérer, tout au mieux, que quelques frottements de peau avec des adolescentes maladroites.

Je les voyais courber le dos sur leur pupitre, comme des forçats de la désespérance, condamnés à ruminer des connaissances qui ne font que des carrières et non pas des destins.

Je les regardais d'un peu haut, à vrai dire. Ma

compassion avait des odeurs de mépris. J'eus la chance de m'en rendre compte ; la chance, car j'échappais ainsi au sort pitoyable de ces romantiques hautains qui se drapent dans leur dédain et finissent par mourir d'un cancer à quarante ans. Je ne voulais pas partir jeune et me priver du bonheur de devenir, un jour, un vieillard tonitruant.

Tous ces élèves me parurent alors de braves garçons dignes d'estime. Je me surpris même à admirer leurs efforts scolaires et décidai sur-le-champ de me remettre au travail.

Mes professeurs furent très satisfaits de ce revirement. Enfin je redevenais raisonnable ! Ils se trompaient lourdement. Je ne m'étais résigné au labeur que pour ne pas devenir un marginal. Je sentais en moi un rêveur débile et paresseux contre lequel il me fallait lutter.

La mort dans l'âme, je me remis donc à ingurgiter mes leçons. Mais, malgré mes résolutions, l'image de Clara faisait le siège de mon esprit. Plus je la repoussais plus j'y pensais. Plus j'y pensais plus je la repoussais.

Enfin le vendredi vint, avec son week-end synonyme de Clara. Je filais la rejoindre à Paris. Claude m'attendait dans son salon.

Il me tomba dans les bras. Je lui racontai mes aventures avec beaucoup de gestes et force cris. Mais il ne voulut pas me dire ce qu'il pensait de Clara. Il n'a jamais dit de bien de qui que ce soit, par peur de se déprécier. Moi j'en ai toujours dit de tout le monde, en espérant que la qualité de mon entourage prouverait la mienne. Deux manières d'être orgueilleux. Claude et moi, nous rimions bien. Le noir est si proche du blanc.

Je sentis une arrière-pensée naître dans son esprit au fur et à mesure que je lui montrais les cadeaux de Clara.

— C'est elle qui te l'a offert ? me demanda-t-il en contemplant le circuit du train électrique.

Puis, le regard narquois, il jeta un coup d'œil sur mes poignets.

— Tu as deux montres maintenant ?

— Forcément, j'ai deux bras.

— C'est elle aussi qui te les a achetées ?

Il avait dit cela pour me blesser, en sous-entendant quelque chose de sale.

— Tu me prends pour un gigolo ? lui demandai-je franchement.

Il parut gêné. Ses insinuations mises à nu le dérangeaient soudain.

— Non, ce n'est pas ce que je voulais dire...

Je le repris à la volée :

— Pourtant c'est vrai que je suis un gigolo. Mais tu sais, Claude, je ne suis pas gigolo pour l'argent. Certains font Polytechnique. Moi je fais gigolo pour apprendre à vivre, à vivre vite. Tu devrais essayer, ajoutai-je en souriant.

Confus d'avoir parlé comme si nous ne nous connaissions pas, Claude me demanda pardon. Ses excuses me rassurèrent sur sa qualité. Il avait été capable de se remettre en cause sans craindre de perdre la face. J'étais soudain fier d'être son ami. A la limite, j'aurais voulu qu'il se comportât à nouveau de manière désagréable pour avoir le plaisir de le voir encore revenir sur une erreur.

Pour le remercier, je lui donnai ma seconde montre ; puis nous nous mîmes à jouer sérieusement au train.

Le circuit occupait la totalité du rez-de-chaussée de l'hôtel particulier de Clara. J'étendais ainsi mon emprise sur cette maison en chassant par avance le mari de ce niveau. Mais je me battais contre du vent. Je n'avais toujours pas vu ce Jean qui prétendait avoir des droits sur Clara. Apparemment, il n'était pas souvent là. Un peu déçu, je n'occupais le terrain que parce que l'ennemi l'avait laissé vacant.

Claude avait les aiguillages en main tandis que je contrôlais la commande de vitesse. Mais, par malheur, nos conceptions sur le pilotage d'un train électrique différaient. Je refusais de conduire lentement, si bien que la locomotive déraillait dans presque tous les tournants. Agacé d'avoir à remettre sans cesse les wagons sur leurs rails, Claude faillit m'étrangler. Je tentai de dégager mon cou, mais peine perdue. Ivre de rage, Claude serrait. J'appelai à l'aide. Albert, le chauffeur, dut intervenir par deux fois pour me sauver.

Impressionné par la violence de Claude, j'acceptai de modérer la vitesse du train. Décidément, ce lecteur du *Petit Prince*, ce rêveur impénitent, n'était qu'une eau dormante. Jamais je ne l'avais vu entrer dans une colère pareille.

Les méandres du circuit mobilisaient notre attention depuis deux bonnes heures quand un homme entra. Il avait l'air de se croire chez lui. Je ne le voyais encore que de dos ; puis il se retourna : c'était Jean.

Il me dévisagea avec une timidité masquée par sa politesse. Ses gestes fins étaient à la mesure de l'intelligence de son regard.

Il se présenta. Je me présentai. Nous savions pourtant fort bien qui était l'autre. Clara lui avait parlé de moi. Mais nous nous rattachions à ce rite de la présentation pour couvrir notre gêne. Un silence entre nous aurait été trop lourd.

Le regard étonné, il prit conscience de l'envergure de mon train électrique. Je lui montrai l'ensemble du circuit, ce qui revint à lui faire faire le tour du propriétaire de sa propre maison. Stoïque, il contempla l'étendue du terrain conquis.

Je repris les commandes pour lui faire une démonstration, comme j'aurais pu le faire avec un invité.

Je lui proposai même de prendre un siège. Mais au premier virage le train sortit à nouveau de la voie.

— Il a déraillé parce que tu as pris le tournant trop vite, me dit Jean. C'est à la sortie de la courbe qu'il faut accélérer.

— Il n'a pas tort, reprit Claude.

Je regardai Jean, un peu surpris par son intervention.

— Vous vous y connaissez en train ? lui demandai-je.

— J'adorais ça quand j'étais jeune.

Ce mot « jeune » me bourdonna dans les oreilles. Je fis ma voix plus grave et plus lente, espérant ainsi me vieillir pour lui répondre :

— Ah... Quand vous étiez jeune... Moi j'aime encore ça.

— Nous avons au moins une passion en commun, me dit-il.

J'aurais voulu sourire et lui répondre qu'il y en avait peut-être une seconde... Mais Jean n'avait pas l'air de plaisanter avec les choses sérieuses. Dommage. Ou plutôt tant mieux. S'il avait su vivre légèrement la gravité d'un amour avec Clara, je ne me serais sans doute pas trouvé ici. Je me jurais bien de rire aux éclats si un jour, dans ma vie, j'apprenais qu'on m'avait fait cocu.

Le train dérailla une nouvelle fois. Jean ôta sa veste et se mit à quatre pattes pour le remettre sur ses rails ; quand tout à coup Albert entra.

— Monsieur...

Concentré comme un enfant occupé à jouer, Jean n'avait rien entendu.

— Mais Albert..., dis-je en grognant. On joue au train...

Jean redressa la tête, gêné de sa posture : à quatre pattes. Il se releva et rajusta son personnage en même temps que le pli de son pantalon. En récupérant sa veste, il récupéra l'intégralité de son rôle d'homme d'affaires.

— Oui Albert, fit-il.

— Le téléphone, Monsieur. New York en ligne.

— Je le prends dans mon bureau.

Il avait suffi d'un regard extérieur, celui d'Albert, pour inquiéter Jean sur ce qu'il était. Apparemment, cet homme ne jouait pas assez. J'espérais que l'achat du train électrique lui serait bénéfique. Nous ferions ainsi d'une pierre deux coups.

Le premier coup c'était moi, l'amant. Le second lui, le mari.

La soirée fut longue. Nous prîmes notre dîner en tête à tête, tous les trois. Jean se réfugiait dans sa bonne éducation et Clara avait le visage de ces femmes qui veulent être comprises sans avoir besoin de parler.

Nous étions comme ces familles en deuil qui parlent de choses et d'autres pour ne pas prononcer le nom du mort. Au milieu de la table, il n'y avait pas seulement le gigot, d'ailleurs fort bon, mais l'invraisemblance de la situation. Que faisais-je attablé avec ma maîtresse et son mari ? Chacun semblait se demander comment nous en étions arrivés là.

Qu'avait donc fait Jean pour que le ciel lui envoyât le pire des fléaux : la séduction d'un garnement grisé par la beauté de sa femme.

Derrière son regard mystérieux, Clara m'apparaissait plus insaisissable que jamais. Je ne parvenais pas à comprendre ce qui l'avait jetée à corps perdu dans cette histoire, et dans mes bras. Nul indice sur son visage, sinon peut-être une légère fatigue au coin des lèvres. Tout s'était passé si vite. Notre désir avait précédé notre pensée d'une bonne longueur. Sans doute ne savait-elle pas elle-même pourquoi la vie l'avait poussée sur ce chemin.

Alléché par l'odeur délicate des mets exquis qu'on nous servait, je mis de côté ces interrogations pour m'empiffrer avec joie. L'essentiel était que Clara fût dans mon lit pour le week-end. Le reste, les tourments, j'en faisais cadeau à Jean. Clara et lui n'avaient d'ailleurs pas souri une seule fois depuis le début du repas. Ils semblaient avoir oublié que tout ça c'était pour rire. Leur mine grave me donna même envie de rigoler ; mais, par correction, je me retins. Notre histoire était pourtant saine ; je ne voyais pas de quoi en faire un drame. Jean fournissait l'argent pour alimenter nos folies. Clara me faisait grandir, et l'amour aussi. Moi je la faisais rêver. Chacun avait un rôle ; personne n'était laissé de côté. Notre système d'amour fonctionnait plutôt bien.

Pourquoi les grands ne peuvent-ils pas se contenter de vivre, tout simplement ? Ils compliquent tout.

A la suite du dîner, un café fut servi dans un coin du salon. Epuisé par la journée, je bâillais à me décrocher la mâchoire. Jean en profita pour me demander si je n'avais pas sommeil. Je lui répliquai que, pour moi, la soirée ne faisait que commencer et lui suggérai, vu son air défraîchi, d'aller se coucher dans les plus brefs délais.

— Je ne suis pas fatigué, me répondit-il.

J'insistai :

— Je suis sûr que vous dites cela par politesse, pour ne pas laisser Clara seule. Mais rassurez-vous, je resterai.

Un regard de Clara me rappela à l'ordre. Jean poursuivit :

— Je te remercie, Virgile, mais je préfère rester un peu.

— Vous y tenez ?

— Oui.

— Vraiment ?

Jean me sourit avec insistance, agacé par mon zèle à vouloir l'expédier au lit.

— Alors restez ici, lui dis-je. Je vais accompagner Clara jusqu'à sa chambre. Tu es bien fatiguée ? lui demandai-je.

— Je peux aller me coucher toute seule, me répondit-elle sèchement.

Vexé de me faire ainsi rabrouer, j'insistai vivement. Mais elle mit fin à mes manœuvres par une phrase qui me désorienta :

— Et si nous montions tous les trois nous coucher ?

Ces quelques mots sonnaient le glas de ma tentative pour éloigner son mari. J'en voulus à Clara. L'idée que Jean pût lui faire l'amour me désespérait. Il ne m'aurait pas seulement volé une femme mais surtout privé du sentiment d'amour total qu'elle me donnait.

Dans l'escalier, nous montions tous les trois, repoussant le délicat problème des chambres jusqu'au premier étage. Mais le premier palier vint, étage où se trouvaient la chambre de Clara et celle de Jean ; la mienne était au second. Il y eut une légère hésitation dans la direction que chacun devait prendre. Craignant que la situation ne m'échappât, je mis les choses au clair avec une apparente désinvolture :

— Allez, chacun dans son lit. Bonsoir.

Jean avait la tête de ces gens puissants désarçonnés par la perte du pouvoir. L'habitude des convenances et la crainte de perdre Clara lui clouaient le bec. Il n'était plus libre car pour me remettre à ma place il aurait dû oser passer outre ses propres craintes.

— Allez, chacun dans son lit, insistai-je en souriant jaune.

Clara me jeta un regard et disparut dans sa chambre. Jean fit de même en m'adressant un « bonsoir » qui sonnait faux. Je continuai à gravir les marches de l'escalier vers le deuxième étage, comme pour aller me coucher. Mais c'était une ruse. Si Jean croyait m'avoir écarté du lit de Clara, il se trompait.

J'éteignis la lumière de la cage d'escalier et entrepris de redescendre au premier étage. J'enlevai mes chaussures avec précaution et les pris dans une main. L'excitation enfantine de faire une « connerie » la nuit se mêlait en moi avec le désir de basculer Clara dans son lit. Comme disait Clemenceau, « ce qu'il y a de meilleur dans l'amour, c'est quand on monte l'escalier » ; moi je le descendais.

A peine étais-je sur le palier du premier étage, qu'une ombre me fit sursauter. Jean m'apparut dans l'obscurité, aussi surpris que je l'étais, tenant lui aussi ses chaussures dans une main. Il avait l'air d'un gamin pris en faute.

— Qu'est-ce que vous faites là ? lui demandai-je.

— Heu... j'allais aux toilettes, me répondit-il comme pour se justifier.

Puis il se ressaisit et en un clin d'œil reprit le dessus :

— Mais qu'est-ce que je dis... C'est encore ma femme, Clara. C'est un monde tout de même ! Allez, au lit ! Et plus vite que ça !

Je filai dans ma chambre sans demander mon reste. La colère de Jean avait eu raison de mon effronterie. Dieu qu'il m'avait fait peur avec sa voix grave ! Je barricadai précipitamment ma chambre, craignant qu'il ne vînt m'étrangler, et, l'oreille collée contre ma porte, je guettai sa venue. Mais je n'entendis que le bruit de la porte de la chambre de Clara qui se refermait. Jean devait être avec elle. Que pouvaient-ils se dire ? A sa place, je n'aurais pas été fier. Virer un amant en lui faisant peur parce qu'on est plus gros, ce n'est pas très glorieux.

Je retirai la commode que j'avais placée devant la porte de ma chambre et me glissai en silence sur le palier du second étage. Mais je laissai ma porte ouverte pour pouvoir me replier si Jean surgissait, et, l'oreille tendue, je cherchai à capter des bribes des paroles que Clara et Jean devaient échanger. Quelques éclats de voix parvinrent jusqu'à moi. C'était bon signe : les choses se passaient mal. Puis Jean sortit de chez Clara. La violence contenue avec laquelle il referma la porte derrière lui acheva de me rassurer : les choses s'étaient vraiment mal passées. Jean retourna dans sa chambre.

Que s'étaient-ils dit ? Des quelques phrases que j'avais entendues du haut de l'escalier, j'avais cru saisir qu'elle lui reprochait de ne plus savoir la faire rêver. Le pauvre homme, il pouvait bien hurler dans les escaliers pour m'envoyer au lit, il ne savait plus enchanter la vie de Clara ! Après tout, me dis-je, tout le monde ne peut pas être doué. L'humilité est un défaut qui ne vient qu'avec l'âge. Pour l'heure, j'étais fier comme un paon.

Je ne voyais pas que l'histoire de Clara et Jean était une histoire vraie. La vérité est douloureuse, mais le sait-on à seize ans ? J'avais, à cette époque, la faiblesse de croire que rien n'était grave pourvu qu'on sache toujours relancer les dés ; en trichant, bien entendu.

Le lendemain matin, je retrouvai intact mon train électrique. J'avais exigé d'Albert qu'on ne touchât pas au circuit. Pour me mettre en jambes, je fis dérailler deux ou trois fois les wagons. Le soleil entrait par les grandes fenêtres et dimanche sonnait à travers les cloches du quartier. Mais le jour du Seigneur fut fatal à ma locomotive. Après quelques bruits étranges qui prouvaient la vanité de la science, elle s'arrêta net. Me conférant des qualités de mécanicien, j'inspectai le moteur de l'engin. Peine perdue, la panne était plus sérieuse que mes compétences.

De quoi avais-je l'air sans locomotive avec un circuit de cent mètres de long ? Il fallait faire quelque chose, appeler du secours.

Clara dormait encore. Mais Jean était réveillé, déjà occupé à travailler dans son cabinet. Ce jour-là, il avait en somme tous ses ennuis à domicile : son travail, sa femme et moi.

Muni de ma locomotive cassée et d'une légère anxiété, je frappai à la porte de son bureau. Sa voix m'invita à entrer. Je poussai la porte et apparus dans l'embrasure.

95

Dissimulé dans le reflet de ses lunettes, Jean était assis à sa table. Je lui fis part de mon désarroi :

— Ma locomotive est cassée, dis-je la gorge serrée.

Je refermai la porte derrière moi et m'avançai vers lui en traînant un peu les pieds. Jean restait caché derrière son silence.

— Il faut m'aider, dis-je avec conviction.

Je lui tendis ma locomotive. Il la prit. Ses doigts d'intellectuel tripotèrent un instant l'engin avec maladresse. La conclusion de cet examen inutile ne se fit pas attendre :

— Je... je n'y connais pas grand-chose en mécanique.

Il avait dit cela sur le ton d'un mot d'excuse.

— Vous ne pouvez rien faire ? insistai-je.

— Non, ce n'est pas ce que je veux dire, mais...

Je lui expliquai l'absurdité de la situation : cent mètres de rail sans locomotive, c'était aussi ridicule que Paris sans tour Eiffel. Il me proposa d'en acheter une autre.

Je protestai :

— Ah non. C'est Clara qui me l'a offerte.

— Si c'est Clara...

Il me donna rendez-vous pour l'après-midi même au siège de l'une de ses usines. La locomotive serait réparée. Jean m'apparut comme une sorte de demi-dieu. Sa faculté à faire réparer les trains électriques, même un dimanche, l'auréolait à mes yeux d'un prestige immense.

Je le retrouvai donc vers trois heures à son usine. Il me remit la locomotive qui fonctionnait. Il s'agissait bien de celle que m'avait offerte

Clara. Pour contrôler que Jean ne s'était pas moqué de moi, j'avais fait une petite éraflure sur la machine et la rayure était toujours là. Cette vérification m'inspira une grande confiance en lui. Jean n'était pas n'importe qui. J'étais fier qu'il fût le mari de ma maîtresse.

Albert nous ramena en voiture à la maison. Je dis « à la maison » car je m'y sentais déjà mieux que chez moi. Assis sur la banquette arrière, Jean et moi évitions de discuter par crainte de parler de Clara. Il fallait pourtant dire quelque chose. Après tout, les mots sont moins gênants que les silences. On peut toujours répondre. Mais comment voulez-vous répondre à un silence ?

— Jean, chuchotai-je, vous êtes jaloux de moi ?

Il mit ce qu'on appelle le temps de la réflexion pour me répondre :

— Bien sûr. Jaloux de ne plus savoir la faire rêver.

— Pourquoi ne m'avez-vous pas jeté dehors ?

Il laissa planer un instant sa pensée derrière son regard absent ; puis il articula clairement, laissant transparaître sa sincérité à travers ses mots :

— Aimer, c'est laisser vivre la femme qu'on aime. Non ?

— Je ne sais pas. Je n'ai pas beaucoup d'expérience. Je suis un jeune qui débute, dis-je en haussant les épaules.

— Qui débute bien, me répondit-il en souriant.

Par son exemple, Jean me montrait jusqu'où un homme peut aimer une femme. Je compris soudain qu'il peut y avoir une certaine grandeur à se faire tromper ; l'idée me plut, du moins pour les autres. Avec un mari comme lui, Eve n'aurait pas croqué la pomme. Sans doute aurait-elle couché avec moi, mais il faut toujours un revers à la médaille. La voiture filait sur la route. Je regardais Jean comme on regarde un héros. Vraiment, j'étais fier qu'il fût le mari de ma maîtresse.

— Jean, dis-je gravement. Vous m'impressionnez.

Il parut surpris.

— Mais vous savez, poursuivis-je, si vous m'aviez jeté par la porte, je serais revenu par la fenêtre !

— Je m'en doutais, me dit-il en souriant.

La voiture roulait toujours. Où allais-je ? Il se mit à pleuvoir. Les essuie-glaces fonctionnaient. Mais je ne voyais pas très clair. Jean me regardait. La voiture allait vite, moi aussi. Les cahots de la route et de la vie me donnaient un peu mal au cœur. Puis la Rolls s'arrêta devant la maison de Clara pour me déposer. Jean repartit. Il avait un rendez-vous d'affaires.

Je profitai de l'absence de Jean pour m'introduire, sur la pointe des pieds, dans son bureau d'homme important. La pièce était solennelle et vaste. Je m'approchai du trône, le fauteuil sur lequel Jean s'asseyait lorsqu'il signait des chèques sur sa table, et me hissai dessus pour m'installer bien au fond. L'ironie du hasard est parfois cruelle. Mes jambes trop courtes ne touchaient plus le sol que du bout des pieds. Vexé d'être ridicule à mes propres yeux, je changeai de fauteuil pour m'attribuer un siège plus à ma convenance : une petite chaise qui traînait dans un coin. Mais on n'échappe pas à sa condition. La table était désormais trop haute. Honteux de mes propres dimensions, je me mis à maugréer contre Jean. Après tout, c'était lui qui était trop grand. Son mètre quatre-vingt-dix était aussi monstrueux qu'un nez trop long. Je m'en pris également à cette habitude qu'il avait de se faire faire des meubles sur mesure, comme des chemises. Ne pouvait-il pas poser son cul démocratiquement sur des chaises standard ? Agacé, j'attrapai une pile de dossiers que je fourrai sous mon derrière pour rehausser mon personnage. Si j'avais eu de l'argent, j'aurais bien signé d'affilée une dizaine de gros chèques pour me rassurer. A défaut, j'entrepris de faire les gestes du pouvoir. Je mis la main sur le téléphone qui traînait sur le bureau et composai un numéro.

— Allô, New York ? dis-je au téléphone.

— Non, ici Evreux, répondit la voix de l'Arquebuse.

— L'Arquebuse ! C'est moi ! hurlai-je dans l'appareil. Je t'appelais pour que tu me dises que tu m'aimes.

— Pourquoi ? fit-elle essoufflée.

— Parce que j'aime que tu m'aimes et je t'aime de m'aimer.

— Virgile, je t'aime. Mais ne tarde pas trop à venir, dit-elle gravement. Tu sais, je suis une très vieille bête et j'ai un cœur usé...

— Mais il est très grand, rétorquai-je en récupérant mon sang-froid. L'Arquebuse, tu ne vas pas te mettre à mourir. Je te le défends. Qu'est-ce que je deviendrais ?

— J'ai tout prévu, fit sa vieille voix dans l'écouteur. Je te lègue mon amour... et mes réserves de pâtés de canard.

— L'Arquebuse, tu m'entends ? dis-je affolé dans le combiné. Je te défends de mourir.

— Virgile, on ne choisit ni l'heure ni le lieu.

— Oh, écoute, tu n'as qu'à faire attention, ajoutai-je furieux.

— Dieu nous rappelle quand il veut.

— Alors change de Dieu ou deviens athée, mais fais quelque chose. Allez, je te quitte. J'ai un rendez-vous. Je t'embrasse.

Je raccrochai brusquement pour ne pas pleurer au téléphone. L'éventualité de la mort de l'Arquebuse faisait crier en moi l'enfant menacé d'être privé de tendresse. La vieillesse n'avait pas le droit de la tuer. Respirant à en perdre la tête, j'espérais chasser de mon cœur cette idée si lourde d'injustice. Des larmes commencèrent à perler dans mes yeux ; mais j'eus le réflexe de taper sur la table. D'un coup, j'évacuai ma souffrance comme on tire la chasse d'eau.

Albert choisit cet instant pour entrouvrir la porte du bureau et passer son museau.

— Monsieur Virgile, je vous cherchais partout.

— Je vous attendais..., dis-je avec le plus grand naturel.

Interloqué par cet accueil, Albert vint docilement s'asseoir devant moi. Vingt années de service avaient achevé de réduire sa fierté à néant. Mais ces mêmes vingt années avaient infiniment développé sa malignité. Il fallait donc jouer serré. Je relevai mon buste pour mieux le dominer, avec un air très « banquier ». La scène était ridicule mais Dieu que j'aimais m'amuser sérieusement quand quelque chose me faisait mal.

— Alors Albert, que puis-je faire pour vous ?

Il paraissait désorienté. Je ne sais trop ce qui l'impressionnait : mon culot, mon air dérisoire ou sa propre participation à cette farce.

— C'est au sujet du train électrique, commença-t-il. Il faudrait peut-être le démonter, ça encombre.

— Démonter ! sursautai-je. Ecoutez, puisque

nous en sommes aux confidences, je vais vous confier mes projets. J'envisage de prolonger la ligne.

— Vous n'y pensez pas !

— Je ne pense qu'à ça. « Une ligne de train qui ne progresse pas est une ligne qui meurt », vieux proverbe chinois. Par conséquent, on ne démonte pas.

C'est ainsi que se termina cette entrevue capitale pour l'avenir de la construction ferroviaire dans l'hôtel particulier de Clara. Je jouais pour penser à autre chose qu'à la mort de l'Arquebuse. Chacun fait comme il peut. Mais j'appris par la suite que son cœur allait mieux. La vie lui accordait un sursis.

Avec Clara et Jean, notre vie à trois dura encore quelques mois.

La semaine, le collège me faisait retomber en enfance. Je travaillais. Je poussai même un jour le sérieux jusqu'à copier l'intégralité du devoir de mon voisin, y compris son nom. Mon professeur salua avec humour cet excès de zèle. C'était la première fois qu'il voyait un tricheur signer son forfait avec autant d'élégance. Une autre fois encore, atteint de dyslexie amoureuse, j'écrivis le nom de Clara à la place du mien sur une copie. Hormis ces quelques maladresses, je travaillais bien car j'étais heureux.

Le week-end, le plus souvent, je retournais attiser la jalousie de Jean dans les bras de Clara. Jean et moi apprenions à nous haïr, à nous aimer. Les vieux ennemis ont parfois de divines complicités. Je racontais à mon père qu'un travail harassant me clouait à la pension pour le week-end, et j'allais chez Clara. Papa me croyait et se félicitait de mes bonnes dispositions.

Les seules taches d'ombre dans cette vie merveilleusement réglée, ou plutôt si délicieusement déréglée, étaient les week-ends où je devais rentrer à la maison. Je retrouvais l'atmosphère sinistre de notre appartement.

Mon père continuait à habiller de noir son existence. Son deuil interminable m'accablait chaque fois davantage. Alors, quand la coupe était pleine, je courais retrouver Clara. Sa maison riante m'accueillait à lit ouvert. Ses caresses me rassasiaient. Nous faisions l'amour à en perdre la tête pour oublier la mort de ma mère.

Chez Clara, c'était mieux qu'une auberge espagnole. On y trouvait plus que ce qu'on y apportait. J'apportais mes seize ans, et j'y trouvais l'amour, le vrai.

Un samedi après-midi, nous avions trouvé refuge dans une petite chambre d'hôtel. Clara était nue, encore dans les draps. Elle arborait sans fierté excessive sa poitrine délicieusement fraîche. Courbé sur une petite table, je faisais mes devoirs à l'ombre de son regard. On entendait des enfants jouer dans le square d'en face. Nos ébats m'avaient creusé le ventre. Il faisait faim et beau dehors. Je grignotais des gâteaux secs tout en travaillant. Les premières chaleurs de l'été descendaient sur Paris.

Tout était pour le mieux, mais Clara paraissait agacée de mon peu d'attention. Revendication féminine tout à fait légitime.

— Qu'est-ce que tu fais ? me demanda-t-elle.

— Une dissertation.

— Quel est le sujet ?

— L'amour romanesque.

— Mais qu'est-ce que tu recopies ?

J'étais en effet penché sur un livre que je recopiais tranquillement à mesure que les idées me manquaient.

— J'avais du mal à dire ce qu'on ressent quand

on est amoureux. Alors j'ai trouvé un bouquin. Pas mal fait... Le type à l'air de s'y connaître. Je lui pique des phrases.

— Des citations ?

— Non, je reprends les phrases à mon compte. Ça ne se verra pas.

— C'est de qui ?

— Un vieil auteur. Chaquèspeuare, prononçai-je le sourire aux lèvres en lisant son nom sur la couverture.

— Mais c'est Shakespeare ! sursauta Clara.

— Oui, un vieil auteur. Ne t'inquiète pas. Personne ne verra rien.

Piller Shakespeare à seize ans, quoi de plus naturel quand on ne saurait se contenter de mots fades pour dire les choses de l'amour. Shakespeare avait seulement imité le sentiment avec des mots. L'amour ne lui appartient pas, que je sache. J'avais donc le droit de lui voler ses phrases. Et puis, s'il ne voulait pas qu'on les lui pique, il n'avait qu'à ne pas les montrer en public.

Je continuai donc à recopier l'ouvrage avec application. Clara était toujours dans le lit. Elle m'observait. Son regard de femme me transformait en homme. Elle me faisait l'extraordinaire cadeau de me prendre pour plus que je n'étais. Je sentais en moi l'adulte venir se superposer à l'enfant, comme pour le protéger.

Mes yeux croisèrent soudain les siens. Je lui parlai à voix basse car c'était important :

— Clara, un jour tu me feras un enfant ?

Mal à l'aise, elle se mit à rire. Sans le faire exprès, elle avait montré les dents. Mais elle l'avait fait quand même. J'en étais blessé.

106

— Pourquoi ris-tu ? lui demandai-je.

— Pourquoi veux-tu un enfant ? me dit-elle en venant vers moi, nue.

— Pour grandir.

Clara ne me répondit pas et me serra contre son sein. La tendresse élude parfois les malentendus. Je me laissai bercer.

— Tu crois que les gens me prennent encore pour un petit ? lui chuchotai-je.

— Non, c'est fini.

— Tu ne dis pas ça pour me faire plaisir ?

— Non.

— Ça me fait quand même plaisir...

Je restai longtemps encore blotti dans ses bras. J'avais seize ans, elle vingt de plus ; il ne fallait pas que le temps passât plus vite. Nos caresses lentes retenaient les instants par la queue. Clara ne devait pas vieillir. Puis, elle me demanda de l'aider à présider un dîner, le soir même. Jean avait dû partir précipitamment et nous laissait avec une vingtaine d'invités sur les bras. La perspective de remplacer le maître de maison m'excita au plus haut point. Impatient, je voulais que le temps s'écoulât plus vite. J'attendais ce dîner de pied ferme et le cœur battant.

Le salon de Clara se remplissait de murmures à mesure que le flot des invités grossissait. Tous ces gens semblaient se reconnaître plus qu'ils ne se connaissaient. Autour des coupes de champagne, on échangeait des idées reçues, si possible les dernières. L'œil aux aguets, chacun paraissait vérifier que les siennes étaient bien à jour. Ce travail dérisoire exigeait une grande adresse. Il fallait s'informer des derniers potins parisiens tout en ayant l'air d'être au courant, trouver le mot original qui habillerait de neuf une idée vulgaire. Les convives les plus habiles parvenaient même à donner de l'importance aux plus légères futilités en les chuchotant gravement sur un ton de confidence.

Je compris soudain une partie de l'attrait que pouvait me trouver Clara. Mon jeune âge ne me permettait de disposer que d'un très faible stock d'idées reçues. Je n'avais pas encore eu le temps de les accumuler.

Devant moi, une ancienne jolie femme exhibait ses bijoux. On affiche ce qu'on peut. Elle avait la peau certes un peu fripée mais elle restait belle comme une femme de riche. C'était la partenaire idéale pour faire mes classes dans les mondanités. Encore inexpérimenté, je l'entretenais comme je pouvais.

— Vous êtes mariée ?

— J'ai deux enfants.

— Hors mariage ? Des enfants de l'amour ?

— Non, fit-elle, un brin rougissante. Je suis mariée.

— Ah... vous me rassurez.

Clara parlait avec un petit groupe de ses amis, quand elle me lança un regard ; puis elle fronça ses sourcils, comme pour me reprocher de vouloir séduire la dame. Je lui répondis par un sourire. Il est des connivences qui en disent plus long qu'un baiser.

Mais la dame me ramena à elle en soupirant. Je poursuivis mes premiers pas mondains en forme de ronds de jambe :

— Quel âge ont vos enfants ?

— Le vôtre, à peu près...

— Ah ! Mais ils sont déjà grands.

Soudain un invité de marque fit irruption comme on met les pieds dans le plat. C'était papa. Jean ayant lancé les invitations sans nous prévenir, personne ne savait qu'il devait venir. Je fis un signe à Clara qui l'aperçut. Le tremblement de ses lèvres attestait son trouble ; puis elle se ravisa pour aller l'accueillir. Je la suivis du regard, n'entendant plus les paroles de la dame.

— Mais mon fils n'est pas aussi avancé que vous, avait-elle dit en rougissant à nouveau.

Cette bourgeoise finissait par m'agacer avec ses émotions mal contenues et ses propos chétifs.

Je la pris par les deux épaules pour lui dire son fait :

— Ecoutez, pour votre fils, je lui conseille une maîtresse d'environ quarante ans. Les femmes, c'est comme les voyages, ça forme la jeunesse !

Je la laissai en plan, froissée dans sa bienséance, à la fois outrée et excitée par mon langage vert comme le bois dont on fait les cravaches pour sadomasos. Son petit derrière devait en frétiller.

Le ventre noué, je m'approchai de mon père et de Clara qui palabraient sur le mode introductif.

— Bonsoir papa, dis-je en souriant.

Il eut le souffle coupé. Il ne s'attendait pas à me croiser ici. D'ailleurs où étais-je censé me trouver ? Au collège ou chez l'Arquebuse ? A force de mentir, je m'y perdais.

— Qu'est-ce que tu fais là ? demandai-je à papa.

— Heu... Jean m'avait dit de venir, me répondit-il déconcerté par ma question.

— Il a dû partir en coup de vent, reprit Clara.

Des invités passant à proximité, elle en profita pour s'éclipser. Je restai seul face à papa qui se reprit :

— Dis-moi plutôt ce que toi tu fais là !

J'attrapai deux coupes de champagne sur un plateau que nous présentait Albert.

— Je t'offre un verre, papa. Tu connais tout le monde ici ? lui demandai-je avec un air très entendu.

— Heu...

— Tu veux que je te présente ?

Je jouais avec le feu sur une corde raide. Je me

trouvais sur ses terres en train de lui proposer de l'introduire auprès de gens qu'il connaissait mieux que moi.

Pourtant je ne jouais pas. Débiter des formules d'usage me permettait de retrouver le fond de confiance en moi qui me faisait défaut. Je mimais l'âge adulte en espérant que papa verrait en moi un homme. Mais il ne comprit rien :

— Virgile, que fais-tu ici ?

— Jean a dû partir, Clara te l'a dit. Il faut bien que je l'aide un peu. Tu m'excuses, papa...

Je le laissai en plan pour aller accueillir deux invités qui venaient d'arriver. Il me suivit du regard et me laissa faire mon numéro de maître de maison. Par crainte du ridicule, je mis les bouchées doubles en essayant de gommer mes seize ans par des attitudes de vieil habitué des dîners parisiens. Je dus n'en paraître que plus risible. Mais je mis plus de sincérité à faire le singe que la plupart des gens qui affectent en public d'être naturels.

Papa semblait deviner la raison de ma présence sans oser se l'avouer trop ouvertement. Il faisait sa petite cuisine en ne laissant venir à lui que ce qui ne le dérangeait pas trop. Mais l'incertitude le rongeait. S'il avait été sûr que j'étais l'amant de Clara, il en aurait sans doute été soulagé. Au moins aurait-il pu réagir ; mais là, dans la position inconfortable qui était la sienne, il ne pouvait que continuer à ronger son frein en attendant qu'un indice solide vînt fonder ses soupçons.

Les yeux mi-clos et l'air sombre, il devait se demander comment il s'y était pris pour faire un animal comme moi. Peut-être justement ne m'avait-il pas élevé. J'avais poussé comme une herbe folle.

Il sursauta à nouveau quand il aperçut Claude qui déambulait parmi les invités.

— Hep ! Qu'est-ce que tu fais là ? lui demanda-t-il.

— Bonjour monsieur, je passais, répondit Claude.

— Tu passes souvent ?

— Virgile m'a prévenu qu'il y avait un dîner.

— Virgile !

— Ben oui, fit-il en haussant les épaules.

Papa vit dans ce propos la confirmation de mon état de gigolo. Il comprit alors pourquoi depuis de longs mois je m'attachais à ne plus rentrer à la maison le week-end. Il saisit toute la supercherie dont il avait été la victime. Mais il se contenta de faire passer sa rage d'avoir été berné en pertes et profits. Son visage resta impassible et sa réserve naturelle n'en fut pas troublée un instant. Sans doute se fit-il un ulcère supplémentaire à l'estomac ; mais personne ne put s'en rendre compte.

Je m'approchai de Clara. Elle se retourna.

— Qu'est-ce que t'a dit papa ? lui demandai-je.

— Que j'étais jolie.

— Il a bon goût ; mais... tu crois qu'il va faire un scandale ?

— Non, il est beaucoup trop bien élevé, me répondit-elle.

Comme pour le provoquer et le faire sortir de ses gonds, j'entrepris de faire glisser lentement le long gant noir d'un bras de Clara ; puis je le retirai tout à fait et lui embrassai sa main nue. L'insistance de mes gestes ne laissait aucune équivoque sur la nature de mes rapports avec elle. Grisée par cette provocation, Clara m'avait laissé faire. En s'affichant ainsi en public avec son amant enfant, elle s'offrait l'indicible plaisir de choquer les bourgeois. Vieux fantasme français qui touche toutes les couches de la population, y compris les bourgeois. Autour de nous l'affolement était général. Les murmures allaient bon train. Les plus snobs affectaient même de trouver normal qu'une femme mûre s'envoyât un petit jeune. Je me moquais cependant du grand public. Ce soir-là, je jouais en privé. Mais où était donc mon père ?

Je tournai la tête : mes yeux rencontrèrent les siens. Enfin nous croisions le fer. Il était assis à quelques mètres devant moi, un verre à la main, face à l'un de ses amis. J'attendais une réaction de sa part ; mais il fit comme si de rien n'était et m'adressa seulement un petit sourire hypocrite.

Tout au long du dîner, il m'ignora. Je n'eus pas droit au plus léger coup d'œil. Je n'existais plus. Lui paraissait gai. Il se tailla même un joli succès en faisant rire la table entière, sauf moi.

A la fin du dîner, il partit sans me dire au revoir. J'étais à bout.

La semaine suivante, je retournai au collège. Clara n'était plus seule à occuper mes pensées. Je craignais la réaction de papa. Le salaud me laissait mijoter sans nouvelles. Je ne dormais plus. Nous étions déjà jeudi et j'attendais toujours son verdict.

Au tableau noir, à grand renfort de craie et d'explications confuses, mon professeur de mathématiques faisait la preuve de son incompétence.

Nous en étions à cet instant critique où plus personne ne comprend rien, quand le proviseur entra. Son apparition soulagea tout le monde.

— Pardonnez-moi, monsieur Mallebranche, fit-il au professeur. Virgile Sauvage, suivez-moi. Votre père vous attend au parloir.

Il était donc venu. Le lâche m'attaquait sur mon plus mauvais terrain. A la pension, je n'étais qu'un enfant. L'ombre du préau semblait empêcher ma barbe de pousser. C'était de sa part un coup bas. Mais, contraint par la discipline du collège, je me rendis au parloir.

L'instinct de survie m'empêcha d'entrer. Et si

papa était dans de très mauvaises dispositions ? Par précaution, je demandai au proviseur de ne pas trop s'éloigner. Mais il ne me répondit pas et disparut à l'angle du couloir.

J'étais donc seul face à mon père quand j'ouvris la porte. Debout devant une grande fenêtre, de dos, il jouait nerveusement avec ses mains. Les os de ses phalanges craquaient comme le parquet que je faisais gémir en m'avançant. Averti par le bruit de mes pas, il se retourna.

Il me ressemblait vraiment.

— Bonjour papa, dis-je doucement.

Il me répondit par un silence qui refroidit l'atmosphère. Puis il se mit à parler avec un calme retenu qui amplifiait la violence de ses propos :

— Je pourrais te dévisser la tête à coups de gifles. Je pourrais te jeter à la rue. Ta conduite est honteuse. Pour toi. Pour tout le monde. C'est minable. J'ai un fils gigolo, ajouta-t-il avec mépris.

Comme pour reprendre son souffle et rassembler ses mots, il instaura un silence. Il voulait me mater. Idée idiote ; un père peut-il clore le bec à son fils ? Il est dans la nature des fils de se rebiffer. Il m'assena ensuite une sentence qui se voulait définitive :

— Désormais tu resteras vraiment ici, au collège, pendant les week-ends. Tu ne verras plus Clara.

— Au fond, tu es jaloux. Tu aurais bien aimé être à ma place, lui jetai-je à la figure.

Il fut aussi vif que mon insolence. Sa main voltigea un instant en l'air pour se rabattre sur mon visage en forme de claque. Quelle victoire ! j'avais réussi à ébranler sa morgue. Pour une fois, j'obtenais de lui une émotion franche.

Il rajusta le pli de la manche droite de sa veste et sortit du parloir, sans un mot.

Le vendredi soir suivant, la sortie du collège grouillait d'enfants qui filaient retrouver leur liberté. La mort dans l'âme, je les regardais rentrer chez eux.

— Virgile, tu ne retournes pas chez toi? me demanda un copain.

— Non...

Les mains dans les poches, sédentaire malgré moi, je ruminais contre mon père. La pension se vidait au même rythme que montait ma rage de rester cloué pour le week-end. Les sourires des mères venant chercher leur petit me donnaient une envie folle de Clara.

Je devais faire quelque chose.

Un vélo était posé contre le mur de l'école. L'occasion était trop belle. Sans prendre le temps d'hésiter, je sautai dessus et franchis à toute allure le portail de l'entrée. Enfin je relançais ma destinée, pédalant à m'en rompre les jambes. Que la vie est belle quand on la bouscule!

Papa avait voulu m'interdire d'aimer Clara. Mais peut-on empêcher une marée de monter? Peut-être ne le savait-il pas. On se demande toujours si ses parents ont un jour été amoureux.

J'abandonnai devant la gare d'Evreux mon vélo emprunté pour cause de révolte et, raclant le fond de mes poches, j'achetai un billet pour Paris.

Le train m'emportait vers ma maîtresse. La nuit tomba au cours du trajet. J'arrivai tard dans la capitale, à l'heure où Paris devient une ville lumière.

Epuisé par ma chevauchée, haletant comme une bête, je débarquai chez Clara un peu avant minuit. Sur le perron, je sonnai comme pour la Libération. Albert vint m'ouvrir, la mine bouffie de sommeil.

— Monsieur Virgile ? fit-il avec étonnement.

J'entrai. La table de la salle à manger était encore jonchée des vestiges d'une soirée. Quelques verres renversés et des cendriers pleins témoignaient de la clôture récente des mondanités.

— Madame est là ?

— Oui, elle vient de monter, me répondit Albert.

Je gravis en vitesse les escaliers jusqu'à sa chambre et entrai sans frapper. Elle n'était pas là. Mais la porte entrouverte de la salle de bains me laissa deviner sa présence. Entre deux clapotis d'eau s'échappaient des soupirs. J'imaginai son corps nu et détendu dans l'eau. A l'avance, je me délectai de la surprendre. Je me figurai son effroi mêlé à sa joie de me retrouver. L'instant serait intense. Je pris ma respiration et poussai brusquement la porte.

Clara poussa un cri et se réfugia dans la mousse de son bain. Puis elle ouvrit les yeux, me reconnut et me sourit. Son corps se décontracta. Elle étendit les jambes.

— Bon Dieu que tu es belle, chuchotai-je avec concupiscence.

Hypnotisé par ses gestes lascifs, je mis un pied dans la baignoire, sans ôter ni mes chaussures ni mes vêtements ; puis le second ; comme si ma raison était partie en grandes vacances. Seul mon désir comptait.

— Mais qu'est-ce que tu fais ? me dit-elle en riant.

— Je t'aime, c'est tout.

L'immersion de mon derrière, pourtant peu volumineux, acheva de faire déborder la baignoire. Mon corps entier suivit, provoquant un raz de marée dans la salle de bains.

— A la sous-marine ! hurlai-je en plongeant sur Clara pour me saisir de ses seins.

Elle m'écarta un peu et, amusée, appuya ses deux mains sur ma tête. Je disparus sous la mousse et refis surface en crachant de l'eau au-dessus de moi, telle une baleine bleue. Clara me demanda ce que je faisais là. Je lui racontai tout, en mentant juste assez pour éveiller sa compassion. J'étais presque attendrissant dans le rôle du petit garçon opprimé par un père injuste et cruel.

Pour un peu, j'aurais pleuré sur mon triste sort. Emue, Clara ne put réprimer un geste maternel et protecteur ; elle me serra longuement sur son sein. J'étais aux anges.

— Le collège va prévenir ton père, que vas-tu faire demain ? me demanda-t-elle.

— Je ne sais pas. Mais je n'ai jamais su ce que je ferais le lendemain. Alors ça ne me change pas beaucoup.

La soirée se termina dans le lit de Clara. J'ouvris toutes grandes les fenêtres. La fraîcheur de la nuit envahit la chambre. Clara voulut refermer les fenêtres ; mais je l'en empêchai. Elle serait ainsi obligée de se blottir contre moi pour ne pas grelotter. Je deviendrais alors son seul abri contre le froid ; ce qui, pour un petit mâle, est très gratifiant. Clara s'endormit dans mes bras. Une brise se mit à souffler. Je n'en goûtai que mieux l'exquise tiédeur de notre lit.

Le lendemain matin, je me réveillai enroué. Clara n'avait plus de voix. La nuit fraîche avait fait son œuvre : nous avions la grippe.

Clara voulut prévenir un médecin de ses amis. Je l'en dissuadai. La perspective d'être livré aux mains de la médecine officielle ne me plaisait pas du tout. J'aurais, à la rigueur, supporté le guérisseur de l'Arquebuse ; un paysan sans terre qui se déclarait violoniste non pratiquant et prétendait que son magnétisme pouvait brouiller les ondes de la B.B.C. Mais je ne voulais pas qu'un préposé de la Sécurité sociale se penchât sur mon gosier. Comme disait l'Arquebuse, quand son guérisseur lui demandait trop d'argent : la médecine, c'est comme la cuisine, il faut la faire soi-même. Si j'échouais, il ne me resterait plus qu'à aller voir monsieur le curé pour organiser une séance d'exorcisme ; ultime conseil médical de ma drôle de grand-mère.

Je dévalisai donc la pharmacie de Clara et m'emparai d'une dizaine de flacons. Des pilules au citron me parurent meilleures que les autres. J'en avalai trois d'un coup, pendant que Clara lisait en silence la notice. Puis elle se mit à rire : je venais d'absorber un puissant constipant ! Terrifié à l'idée d'avoir la tripaille bloquée, je bus la totalité d'une bouteille de laxatif pour corriger mon erreur. Clara m'empêcha de déranger davantage mon appareil digestif en m'indiquant le remède qui me convenait. Mais elle m'interdit d'en prendre une double dose. Frustré d'être ainsi rationné, je m'enfermai à double tour dans les chiottes et m'enfilai à sec trois suppositoires dans le cul.

Toute cette agitation m'avait ragaillardi ; mais Clara était encore un peu pâlotte. J'attribuai sa mauvaise mine à un manque de grand air, dont elle n'avait pourtant pas manqué pendant la nuit, et déclarai qu'un bon pique-nique chez l'Arquebuse la remettrait d'aplomb. Il faisait beau, nous n'avions pas le droit de laisser tout ce soleil se gâcher. Et puis là au moins, papa n'oserait pas venir me chercher. L'Arquebuse me défendrait.

— Qui est-ce l'Arquebuse ? me demanda Clara.

— L'autre femme qui m'aime, répondis-je gravement.

— Qui t'aime... comment ?

— Comme une folle.

— Ah... Et cela dure depuis combien de temps ?

Je regardai ma montre pour être plus précis :

— Seize ans et cent trois jours, montre en main. C'est ma grand-mère !

— Sale gosse..., me lança-t-elle en riant.

Je l'attrapai par les hanches et nous roulâmes sur le lit encore défait. Je lui volai un baiser et me redressai d'un coup pour mettre les choses au clair :

— Alors on part avec Claude, toi, moi et un gigantesque pique-nique. Et tout ça dans la Rolls conduite par Albert !

— Mais ta grand-mère, elle ne va pas être un peu surprise de nous voir débarquer comme ça ?

— Elle adore être surprise.

— Elle sait, pour nous deux ?

— Non. Mais l'Arquebuse ne me juge pas. Elle m'aime.

Restait un détail pratique qui, pour moi, avait son importance. J'étais venu chez Clara sur un coup de tête, sans emporter de chemise de rechange. Or j'avais entendu dire que le chic d'un homme dépend presque entièrement de la qualité de ses chemises. Mon visage tourmenté avertit Clara.

— Que se passe-t-il ? me demanda-t-elle.

Je lui expliquai mon embarras, et, sans attendre la fin de mes propos, elle décrocha son téléphone :

— Allô ? Hilditch ? Pourriez-vous me faire livrer tout de suite une douzaine de chemises blanches... Quelle taille ?

— Homme, taille homme ! hurlai-je.

— Taille homme... Oui, voilà. Mme Delage. Oui, Delage, square Lamartine.

Elle raccrocha.

— Pourquoi une douzaine ? demandai-je.

— Parce qu'aujourd'hui on est riche ! dit-elle avec gaieté.

Nous l'étions en effet, d'argent, d'imprévus, de

124

bonheur. Même l'ombre de mon père venait, par contraste, rehausser l'éclat du soleil qui éclairait ma vie. Si je suis né dans une rose, elle devait être sans épine.

Dans la Rolls qui filait bon train, j'étais assis à l'arrière avec Clara. Albert conduisait, guidé par Claude qui dépliait les cartes.

Jamais voyage entre Paris et Evreux ne ressembla autant à une expédition transamazonienne. Le coffre était chargé de vivres jusqu'à la gueule. J'avais veillé moi-même à ce que l'abondance du pique-nique ne nous laissât pas le goût du trop peu. Dans la famille, on ne mange pas pour se nourrir, mais pour se rassurer ; notre véritable organe affectif n'est pas le cœur mais l'estomac. Effrayée par les quantités nutritives que j'avais entassées dans le coffre, Clara avait essayé d'en limiter le chargement. Le drame faillit éclater. Je ne plaisantais pas avec ces choses-là.

Quant à Claude, il avait été chargé de recueillir la documentation cartographique nécessaire pour cette traversée de la Normandie. Assis à la place du mort, il ne resta pas inerte pendant le trajet. Le malheureux ne cessait de plier et déplier des cartes de formats divers et variés. A tout instant, je voulais pouvoir connaître notre position exacte. L'affolement général était tel que

Claude s'emmêla dans ses cartes ; nous dûmes même rebrousser chemin plusieurs fois pour ne pas nous perdre. Albert restait stoïque. Peut-être savait-il que les vrais itinéraires passent toujours du côté de la fantaisie.

Chacun faisait semblant de ne pas savoir qu'il aurait été plus simple de prendre l'autoroute Paris-Evreux. Nous jouions à nous perdre, comme des enfants qui s'égarent exprès dans la forêt pour pouvoir crier au loup. J'imaginais des scénarios épouvantables qui terrifiaient Clara et Claude. La Rolls tomberait en panne dans un village inquiétant. Des hordes de pauvres viendraient démonter la voiture et nous serions attrapés, puis cousus dans un sac avant d'être jetés au fond d'un puits. Tel serait notre destin dans cette Normandie sauvage si nous ne retrouvions pas notre chemin.

Albert, qui n'avait jamais vu la Normandie sous cet angle-là, nous regardait de travers, se demandant si nous étions devenus vraiment fous.

L'éclat de nos rires couvrait mon angoisse. Le collège avait dû prévenir mon père. Il devait être déjà sur mes traces. Je n'en savourais que mieux la délicieuse drôlerie de notre équipée. Si ces instants devaient être les derniers auprès de Clara, au cas où papa m'éloignerait d'elle, je les voulais merveilleux. Je mis même mes mains sur ses seins pour me souvenir toujours de leur poids et de leur rondeur. Un peu gênée, elle retira mes mains. Je l'embrassai et lui promis de la protéger si la voiture était attaquée par des Indiens en rase campagne. Elle exigea de moi un serment en bonne et due forme. J'acquiesçai.

127

Clara avait cette capacité d'étonnement et de jeu sans laquelle il n'y a pas de véritable art de vivre ; sa gaieté n'était jamais frivole, sa gravité jamais sérieuse. Elle savait se jouer de la vie sans en jouer. Je crois qu'elle n'abusait que de la sagesse malgré l'apparent dérèglement de ses amours.

Finalement, nous trouvâmes la maison de l'Arquebuse. Quelques poulets affolés glapirent comme des veaux pour annoncer notre arrivée. La poussière soulevée par les freins embrumait encore la cour de la ferme quand l'Arquebuse sortit sur le pas de sa porte. Son étonnement de voir une grosse berline s'arrêter chez elle creusa quelques rides supplémentaires sur son front. Sa surprise grandit encore quand elle me vit débouler d'une portière, en compagnie de Claude, d'une jolie femme et d'un chauffeur.

— L'Arquebuse, c'est moi ! hurlai-je.

Je courus vers elle. Les autres restaient en arrière, comme retenus par leur timidité.

— Qui c'est, elle ? me chuchota l'Arquebuse.

— Ma maîtresse, dis-je tout bas.

Nous n'eûmes pas le temps de mettre davantage les choses au clair. Clara et Claude s'avancèrent vers nous. Je les présentai à l'Arquebuse :

— Mes amis : Clara, Claude, que tu connais, et Albert.

Clara semblait un peu gênée. De quoi avait-elle l'air devant la grand-mère de son amant de seize ans ? L'œil affûté, l'Arquebuse ne perdit pas une bribe des intonations et des attitudes de Clara. Elle guettait ces petits riens par lesquels une personne se dévoile.

Puis elle nous invita à entrer dans sa maison.

— Non, répondis-je, c'est toi qui vas sortir. On va faire un pique-nique.

Son regard s'éclaira et, en un clin d'œil, elle retrouva sa jovialité coutumière. Les pique-niques lui rappelaient son enfance.

La petite troupe se mit en branle dans la campagne. J'avais faim comme on a envie de se soulager contre un arbre ; le besoin devenait pressant. Albert et moi portions les paniers. Claude nous devançait un peu, les mains dans les poches pour se gratter le zizi qui le démangeait et une fleur dans la bouche. Clara s'efforçait de marcher dans les chemins creux sur ses talons aiguilles qui la déséquilibraient à chaque pas. Quant à l'Arquebuse, elle suivait en s'appuyant sur sa vieille canne ; tout en surveillant Clara du coin des yeux.

Je voulais qu'elle comprît pourquoi j'étais venu avec Clara. En général, les enfants rapportent de bons carnets de notes à leurs parents pour les rassurer. Moi je ramenais une maîtresse, en espérant que l'Arquebuse verrait en Clara un signe de ma bonne croissance. Mais elle restait muette et énigmatique.

L'Arquebuse paraissait seulement vouloir éviter de faire naître des occasions d'être gentille avec Clara. Nul autre indice ne laissait présager de sa réaction. Nous décidâmes de nous installer près du petit lac de la ferme voisine. L'endroit paraissait avoir été copié sur les plans d'eau qu'on aperçoit dans les dessins animés de Walt Disney. La surface de l'étang était hérissée de roseaux, moins souples que ceux des fables de La Fontaine, et les nénuphars géants ressemblaient à des œufs au plat en cellulose verte. Même les oiseaux avaient l'air trop coloriés pour être vrais. Pour un peu, je n'aurais pas été surpris de voir Blanche-Neige flâner sur les berges.

Albert étendit une grande nappe blanche au bord de l'eau et sortit les victuailles des paniers. Il y avait là de quoi réconforter une bonne dizaine d'angoissés. Je mordis dans une pomme et proposai à Claude de m'accompagner pendant que l'Arquebuse terminait de préparer les sandwichs.

— Viens, je vais te montrer où je mettais mes pièges pour attraper des canards. Venez aussi Albert. On laisse les femmes sur nos arrières.

Albert nous suivit sans faire de manières. L'Arquebuse et Clara se retrouvèrent seules, l'une en face de l'autre. Je tenais à ce que mes deux femmes négocient à mon sujet, tout en appréhendant cette rencontre au sommet.

Ce fut Clara qui, plus tard, me la raconta. Les choses se déroulèrent à peu près de cette façon :

— On ne peut pas dire que Virgile ait le sens des mondanités, dit Clara. Il nous laisse là, en plan.

— Les pièges à canards, c'est très important pour lui, répliqua l'Arquebuse.

Un silence lourd s'installa alors entre elles, de ceux qui couvent un contentieux.

— C'est un drôle de personnage, fit Clara.

— Ne le prenez pas pour un jouet, rétorqua l'Arquebuse d'un ton sec.

— Ce n'est pas ce que je voulais dire.

— Virgile est le plus beau personnage que je connaisse.

— Il m'a fait comprendre que vous l'aimez beaucoup...

— Je ne l'aime pas beaucoup. Je l'aime. Je crois en Dieu et je n'ai que Virgile. Alors ne le prenez pas pour un jouet !

— Mais ce n'est pas le cas, insista Clara.

— Vous avez un chauffeur, une grosse voiture et je suppose, un mari. Mais vous n'avez pas Virgile. Personne n'a Virgile. Vous m'entendez ?

— Mais...

— Laissez-moi finir. Virgile, il ne faut rien lui demander, mais tout lui donner. Je vous accepte parce qu'il vous aime, mais je vous ai à l'œil. Rien que du bonheur, vous ne lui donnerez que du bonheur. Vous m'avez bien comprise ? Vous l'aimez, non ? dit l'Arquebuse soudain attendrie.

Clara sourit. Cette grand-mère protégeant son petit-fils la touchait. Par une sorte de hasard miraculeux, Clara ne fut pas jalouse de la place qu'occupait l'Arquebuse dans ma vie. Je crois même qu'elle l'aima de savoir si bien m'aimer.

— Je vois que vous n'êtes pas une mauvaise fille, conclut l'Arquebuse. Mais je vous ai à l'œil.

Nous revînmes, Claude, Albert et moi, à ce moment-là. Les pièges à canard étaient remis en état.

— Tu en as déjà attrapé beaucoup avec ce système ? me demanda Claude.

— Des tas, et puis l'Arquebuse en faisait des pâtés.

Albert nous invita à passer à table, ou plutôt sur la nappe. Chacun se jeta avec voracité sur les nourritures. L'Arquebuse dilapida une bonne dizaine de sandwichs en maugréant contre les régimes qui font aux femmes modernes des culs comme des balles de tennis. Elle était d'avant quatorze, du temps ou un cul n'était digne de ce nom que si son volume atteignait des proportions prohibées de nos jours.

Puis, échauffée par le vin, elle se redressa sur son séant et prit sa respiration pour débiter, de mémoire, un passage du livre qu'elle citait toujours dans ses grands moments de délire, celui qu'elle honnissait par-dessus tout : le tome premier des *Mémoires d'outre-tombe* ; « de Chateaubriand », souligna-t-elle avec dégoût. Elle nous en récita de longues rasades où les sentiments n'en finissaient pas de s'étendre en langueurs monotones. Tout n'était qu'émotions fortes pour cœurs délabrés, sentiments morbides s'exaltant sur des amours impossibles. Jamais croûtes ne furent grattées avec autant de délectation.

L'Arquebuse désarticulait le texte plus qu'elle ne l'articulait, lacérant les phrases de sa diction injurieuse pour Chateaubriand. Elle ne supportait pas qu'un aussi grand génie mît tout son talent à chanter le désespoir au lieu de glorifier la force vitale qui est en nous.

Le vin aidant, elle mit également Lamartine et toute la clique dans le même sac. Tous au pilori ! hurlait-elle. L'Arquebuse avait le courage de laisser parler ses instincts, et les siens n'étaient pas viciés. Elle aimait passionnément la vie.

Puis, après quelques glapissements, elle s'effondra le verre à la main. Tout le monde la crut morte. Mais non, elle ronflait. Elle avait dit ce qu'elle avait à dire et s'était endormie. Etrange grand-mère.

Clara en resta muette. Moi aussi. Comment justifier la conduite de l'Arquebuse? Tout n'est pas explicable. Claude, qui la connaissait déjà, n'en fut pas surpris outre mesure. Il savait à quoi s'en tenir. Le plus secoué était Albert. Dans quelle maison était-il tombé?

Pour nous remettre de nos émotions et profiter de ce que l'Arquebuse faisait sa sieste, je proposai une promenade en barque sur l'étang. Claude s'esquiva en donnant un prétexte quelconque. Albert aussi.

J'embarquai donc seul avec Clara sur un bateau au fond plat. A coups de rames, je l'emmenai sur les lieux de mon enfance. Je retrouvai l'endroit où, avec des amis, nous faisions fumer des crapauds jusqu'à les faire éclater et où nous torturions, pour rire, les gosses du village d'à côté. Les enfants s'amusent d'un rien...

— C'est ici que je venais quand j'étais petit.

— Par moments, je ne sais plus quel âge tu as.

— Si tu hésites entre deux âges, prends le plus vieux, dis-je en souriant.

La barque glissait au ras de l'eau. Les regards de Clara glissaient sur moi. A l'ombre du chapeau qui la protégeait du soleil, ses yeux me murmuraient de la tendresse. Il n'y avait qu'avec elle que je savais goûter l'instant qui passe. Mon imagination était au point mort et ma pensée en vacances. Je prenais le temps d'exister.

Allongée au fond du bateau, Clara était belle comme un fruit mûr. Avant de la vieillir, la nature semblait avoir accordé un dernier sursis à son éclat.

— Quand on sera vieux, chuchotai-je, on habitera dans une maison avec des pelouses et on fera du jardinage.

— Pourquoi du jardinage ? me demanda-t-elle.

— C'est le sport des vieux. On mettra des vêtements usés, un chapeau de paille, des bottes et on aura un râteau dans la main droite... Et puis on indiquera au jardinier la plate-bande qu'il devra bêcher.

Clara rit, avant de se mordre légèrement la lèvre.

— Tu sais, je serai vieille avant toi.

— Qu'est-ce que ça peut faire, dis-je doucement. Tu peux devenir vieille, folle ou malade, tu seras toujours Clara. Je verrai toujours ta vraie figure, tes cheveux superbes, ta peau blanche, tes hanches pour les enfants et tes seins pour l'amour.

Toujours étendue au fond de la barque, Clara ferma les yeux pour mieux savourer son émotion. Elle était émue comme si le père Noël venait de lui faire cadeau d'un surplus de jeunesse.

Clara, je ne pouvais pas concevoir que le temps fût assez cruel pour te flétrir. Je ne voulais pas croire que tu aurais un jour l'air de ces vieilles dames au regard triste qu'on croise dans la rue. Tu n'avais rien fait pour mériter une punition aussi injuste.

Soudain mon cou s'étira comme un périscope

pour mieux apercevoir ce que j'avais du mal à croire. Je regardai à nouveau. Nul doute, je n'avais pas rêvé. A une centaine de mètres devant moi, Claude et Albert marchaient dans un champ en se tenant par la main.

Je les voyais de dos. Ils semblaient échanger des mots doux au creux de l'oreille. Cette façon singulièrement affectueuse de se promener me troubla. Etait-il possible que lui, mon pote, mon frère, m'ait caché depuis toujours son goût pour les barbus ? Claude supprima toute équivoque en prenant Albert par la taille, comme j'aurais pu le faire avec Clara.

La tendresse virile de ces deux tourtereaux me laissa sans voix. Les mots me manquaient. Je ne parvenais pas à trouver un terme non péjoratif qui pût m'éviter de qualifier Claude de pédéraste. Il me revint soudain à l'esprit que, pour la bonne morale, quand mes cousines venaient chez moi et que Claude était là, on nous faisait coucher dans le même lit afin que je ne dorme pas dans la chambre des filles ! L'idée qu'il ait pu, le soir venant, reluquer mes fesses avec concupiscence me troubla. Nos serments d'amitié m'apparurent ambigus, sa gentillesse même me sembla louche. J'aurais voulu le haïr. Il me dérangeait trop. Mais, en dépit de ses mœurs amoureuses, il restait Claude, mon ami, mon pote, mon frère.

L'embarcation continuait sur sa lancée quand un rideau d'arbres me sépara de ces amants très masculins qui s'évanouirent dans la campagne. Leur apparition n'avait duré que quelques instants, juste le temps de m'ébranler. Clara n'avait rien vu.

136

— Tu sais, je suis drôlement content que tu sois une femme, lui dis-je doucement.

— Tu as de drôles d'idées, parfois...

Elle était là, devant moi, étendue au fond du bateau, presque offerte. Comme pour contrebalancer l'homosexualité de Claude, j'eus envie d'elle. Tout de suite. Le soleil avait dû m'échauffer l'esprit. Une fringale d'amour montait en moi, irraisonnée, irrépressible.

Fébrile, j'avançai ma main sous sa jupe, à tâtons. Un peu surprise, Clara se ressaisit, protesta, m'invectiva ; mais, comme aimanté par son corps, je ne pouvais plus me retenir. Ma main droite déjà caressait le haut de ses cuisses tandis que de l'autre, je retroussais sa jupe. Clara se mit à rire en essayant de se dégager, mais plus elle me repoussait, plus elle m'attirait.

— Virgile, on ne va quand même pas faire ça sur l'eau, me lança-t-elle.

— Je me sens le pied marin ! m'écriai-je avant de la basculer, jambes en l'air — quand tout à coup le plancher de la barque se déroba sous nos pieds.

Clara voulut rétablir l'équilibre, moi aussi, mais l'excès de contrepoids fit chavirer d'un coup le bateau. L'immersion des corps fut instantanée.

Clara but la tasse. J'appuyai même sur sa tête pour pouvoir, ensuite, faire semblant de la sauver de la noyade.

L'Arquebuse dut allumer un grand feu dans sa cuisine pour faire sécher nos vêtements ; puis elle nous apporta des grogs. Nous étions bien, Clara et moi, chacun enveloppé dans une couverture, devant la cheminée. J'avais oublié mon père.

Dehors, le soleil déclinait. A ma droite, l'Arquebuse veillait sur le feu. A ma gauche, Clara
veillait sur mon cœur. Nous n'avions pas besoin
de dire des choses inutiles. Le crépitement des
flammes suffisait.

Une bûche consumée au centre se rompit et
brisa le silence.

— L'Arquebuse, on peut passer la nuit ici ?

— Tu sais que je n'aime pas quand tu repars,
me répondit-elle.

Je pris sa vieille main et la lui embrassai.

— Alors on partira demain matin. Tu n'as pas
vu Claude et Albert ?

— Ils sont allés faire une promenade.

A l'instant même, les deux tourtereaux entrè-
rent dans la pièce. Clara fit remarquer à Claude
qu'il avait du foin dans les cheveux. Je ne releva·
pas davantage cet indice compromettant. Ils
avaient dû s'en donner à cœur joie dans les
bosquets.

— Claude, on rentrera demain à Paris. Ce soir,
on reste dormir ici.

— Qu'est-ce qui s'est passé ? me demanda-t-il,
étonné de nous voir ainsi drapés dans des couvertures.

— Clara a fait chavirer la barque.

Cette nouvelle surprit grandement Clara ; mais
elle s'abstint de rétablir la vérité. Sans doute
devinait-elle qu'en lui attribuant la responsabilité de l'une de mes bêtises, je ne cherchais qu'à
renforcer notre complicité.

Mes vêtements pendaient encore devant la
cheminée. J'entrepris de les enfiler. La chaleur de
mon corps achèverait de les sécher. Claude aper-

çut un profond fauteuil et voulut s'y installer; mais je l'en empêchai :

— T'assieds pas, vieux. C'est l'heure d'aller relever les pièges à canard.

Il fit une moue, sans toutefois protester. Sa gentillesse et sa crainte congénitale de dire « non » lui commandaient d'accepter. Nous sortîmes de la maison.

La nuit était fraîche, mais les grillons ne chômaient pas. L'époque devait être aux amours; l'avidité sexuelle de ces insectes réveillait leur besoin de siffloter. On sentait que, sur notre passage, ça baisait dans les taillis. Nous prîmes le chemin qui menait à l'étang, sans parler, sans même dire des banalités. Claude marchait les mains dans les poches, les yeux rivés au sol, comme pour éviter de croiser mon regard. Le poids de ce qu'il n'osait pas dire était tel qu'il en oublia même de faire attention aux étoiles.

— Claude...

— Ouais, fit-il en mâchant sa réponse.

— Je t'ai vu, avec Albert...

Il ne me répondit pas. Le visage fermé, Claude se protégeait derrière son silence. Les paroles que je venais de prononcer résonnaient encore entre nous. Ses pieds buttèrent dans une motte de terre.

— Tu sais, poursuivis-je maladroitement, si ça te gêne d'en parler, on pourra toujours l'appeler Albertine, entre nous.

Il tourna son visage vers moi, me regarda et se mit à rire.

— Viens, me dit-il. Je suis sûr qu'on a chopé un canard.

Il n'avait pas tort : à cinquante mètres devant nous une cane se débattait dans le piège. La pauvre bête affolée semblait se demander quelle mort allait lui réserver la vie ; si elle avait su qu'elle était à deux doigts de se réincarner en pâté...

— Faut qu'on le tue ? me demanda Claude inquiet.

— Laisse faire, vieux, je connais mon affaire.

J'attrapai un bout de bois et, retrouvant toute la violence primitive de mes ancêtres, je lui brisai la nuque d'un coup sec. Quand l'Arquebuse le faisait, elle chuchotait généralement une petite prière pour l'animal défunt. Il lui semblait impossible qu'un volatile ayant la chair si fine et si délicate au goût ne fût pas doté d'une âme, si chétive fût-elle. Si on lui avait dit qu'au paradis, elle serait privée de canard, sa foi dans le bon Dieu en aurait été ébranlée.

Ma cane était encore chaude mais le froid de la mort déjà la raidissait. Je n'ai jamais aimé tuer des bêtes. Un copain m'avait affirmé que pour rendre la chose acceptable il faut que l'homme et l'animal aient autant de chances d'avoir la peau de l'autre. Mais je ne voyais pas l'intérêt d'organiser une corrida pour moraliser la mise à mort d'un malheureux col-vert, fût-il membre de la S.P.A. Je préférais m'en tenir à la méthode barbare du coup de massue. Après tout, c'est la vie. Il faut faire avec. Comme pour l'homosexualité de Claude. Il fallait faire avec.

Sur le chemin du retour, je marchais en tête avec un air de victoire. Le cadavre de ma cane gisait la tête en bas. Je la tenais par les pattes, comme un trophée prouvant l'ingéniosité de mon piège.

— L'Arquebuse va en faire du pâté, dis-je avec plaisir.

— Virgile..., me souffla Claude. Je suis content qu'on ait parlé.

Il avait dit cela avec soulagement, comme on prononce ses dernières paroles. Ce fut en effet la première et la dernière fois que nous abordâmes le sujet. Notre pudeur s'accommoda par la suite de cet arrangement tacite. La question resta aussi dissimulée que la face cachée de la lune. D'ailleurs, Claude est lunaire à ses heures.

Le chemin nous mena jusqu'aux lumières de la ferme de l'Arquebuse. La maison détachait son ombre hospitalière dans la nuit.

— Non mais Claude, t'as vu le tableau...

— Quoi ?

— Chez ma grand-mère, je vais coucher avec une femme qui pourrait être ma mère ; et toi, mon pote, tu vas t'envoyer en l'air avec son chauffeur ! C'est pas une vie...

C'était la grande vie. Notre existence sonnait juste, au diapason de nos désirs. Nous ferions de beaux vieux. Jamais nous ne serions comme ces vieillards aigris d'être restés au bord de tout. Nous deux, l'âge nous bonifierait, comme les grands vins ou les opéras de Mozart.

Dans l'une des chambres de la ferme de l'Arquebuse, Clara me massait la nuque et les épaules. Nos draps tièdes étaient défaits. Par la fenêtre ouverte, on entendait les grillons qui, dehors, chantaient encore à en réveiller la cigale et la fourmi.

— A l'heure qu'il est, ton père doit te chercher, me dit-elle doucement.

Je me retournai pour lui répondre :

— A mon avis, il est jaloux de moi. Je crois qu'il aimerait bien être à ma place, ici, avec toi. C'est ce que je lui ai dit, l'autre jour.

— Il l'a bien pris ?

— Pas tout à fait.

— Il t'a flanqué une gifle ?

— Oh non, il n'aurait pas osé...

Clara était nue, allongée en travers du lit. Je la touchai du bout des doigts pour m'assurer que je ne rêvais pas. Dehors, la lune de miel plongeait la nuit dans le clair-obscur. L'atmosphère lourde laissait présager un orage.

— Clara..., chuchotai-je. Tu sais, ce que je t'ai dit cet après-midi, c'était vrai. Tu peux devenir vieille ou malade, je verrai toujours ta vraie figure...

Elle resta muette, les yeux brillants. Dieu qu'elle était émouvante quand je la rendais heureuse. Son visage tout entier reflétait son soulagement d'être aimée.

L'irruption d'une voiture entrant dans la cour mit fin à notre quiétude. Les pneus crissèrent, le moteur s'arrêta.

— Qui est-ce? me demanda-t-elle.

— Je ne sais pas.

Je m'avançai vers la fenêtre, comme pour vérifier que je m'étais trompé. Non, sa voiture était là, tous phares allumés. Il en sortit et vit celle de Clara.

— Qui est-ce? insista-t-elle en espérant encore que ce ne fût pas lui.

A mon haussement d'épaules, Clara comprit tout et attrapa un chemisier.

Dans la cour, papa appuya sur le klaxon de sa voiture pour réveiller la ferme. Il avait l'arrogance stupide que confère la bonne conscience. « Virgile Sauvage! » hurlait-il, comme pour me rappeler que j'étais encore à son nom.

— Le con, le mauvais con, maugréai-je.

— Qu'est-ce que tu vas faire? me demanda Clara.

Toujours devant la maison, papa continuait à gueuler mon nom. Sa voix résonnait comme dans les cauchemars. Je me surpris à envier les orphelins.

— Pourquoi les grands veulent-ils toujours nous empêcher de grandir? dis-je désespéré.

Clara ne me répondit pas. Il est vrai que je

m'adressais à la mauvaise porte. Elle avait déjà beaucoup fait pour la cause enfantine.

Sans rien dire, j'enfilai une chemise et un pantalon. A chaque bouton que je fermais, l'envie d'étrangler papa montait en moi. Il était vraiment trop con. Non je n'étais pas un gigolo; j'étais heureux. C'est différent. Non Clara n'était pas l'une de ces femmes friandes de chair fraîche et excitées par les petits garçons. Elle n'avait cédé à mes avances que parce que les hommes, ceux de la race de papa, les ennuyeux, tous ces maris qui ont oublié l'art d'être amants, n'avaient pas su la faire rêver. C'est historique, elle l'avait même avoué un soir à Jean. Je peux en témoigner. J'ai tout entendu du haut de l'escalier, quand Clara lui a jeté à la figure l'injure suprême : « Tu ne sais plus me faire rêver ! »

En fait, papa, tu avais drôlement raison de vouloir m'écraser comme un nuisible ; parce que nous, les petits gars en culottes courtes, on vous volera toutes vos femmes. Méfie-toi des apprentis amoureux qui tournicotent autour de tes maîtresses ; ils ont encore le souffle des grandes passions. Fais attention, la vérité sort de la bouche des enfants.

J'apparus sur le seuil de la porte d'entrée, dans le champ de la lumière des phares. Papa s'avança.

— On rentre à la maison, me lança-t-il avec la brutalité d'un maître de manège.

— *Tu* rentres dans *ta* maison.

— Je te ramène à Paris, la récréation est finie.

— Ecoute, Raoul, dis-je les dents serrées. Cette fois-ci tu ne me tireras pas dans les pattes. J'ai décidé de vivre ma vie, comme je la veux. Alors maintenant laisse-moi.

Mais papa ne voulut rien entendre. Il se contenta d'attraper mon bras. Je résistai. Il resserra son emprise.

— Raoul, enlève cette main.

Je n'eus pour toute réponse qu'un petit rire sarcastique. Il prenait mon besoin d'exister pour de l'effronterie, sans pouvoir imaginer un instant que je pusse, moi le fils, exiger une part de vie qui échappât à son contrôle. Puis il me bouscula pour m'attirer dans sa voiture. Je lui décochai alors avec soulagement un coup de poing au visage, l'un de ces coups qui portent le désir de tuer. Sa réaction fut prompte et foudroyante. Dans la pénombre, comme pour cacher ses instincts soudain déchaînés, il me frappa. Il me tapa comme une bête. Mes cris retentirent dans la cour de la ferme et mon visage maculé du sang qui coulait de mon nez vint heurter le sol. Il faisait nuit, vraiment nuit.

Papa tremblait encore de nervosité quand il s'écarta pour me regarder. Ses yeux étaient vides, terriblement vides. Inquiet, je ne bougeais pas.

— Allez, on s'en va, dit-il comme pour en finir.

Il m'attrapa par le collet et me força à pénétrer dans son automobile. A travers le pare-brise, j'aperçus l'Arquebuse, Clara et Claude qui venaient d'arriver. L'obscurité donnait à leurs visages effrayés un air plus tragique encore.

La voiture démarra et s'enfonça dans la nuit. Concentré sur la route, papa accélérait et débrayait avec brutalité, faisant gémir le moteur. Les virages lui fournissaient un alibi pour ne pas me regarder. Il conduisait trop vite, comme s'il avait bu.

Assis à côté de lui, je le surveillais du coin de l'œil. Au fond, j'étais soulagé. L'orage était passé. Depuis le début, j'avais su qu'il faudrait en arriver là. Les poings, c'est parfois une nécessité entre les pères et les fils. On se parle comme on peut. L'abcès était crevé ; je soupirais.

Le voyage vers Paris dura longtemps, comme un repos du guerrier bien mérité. Les tournants rapprochaient nos épaules. Une sorte de pudeur nous fit nous reprendre pour nous rasseoir correctement. Papa, je te connaissais si peu. C'était la première fois, ou presque, que nous étions ensemble tous les deux. Tu semblais avoir envie de me parler. Pourquoi ne l'as-tu pas fait ? Ce soir-là, le corps meurtri par tes coups, je me sentais rempli de ton sang. Me parleras-tu, un jour ? Je t'aime, papa.

A Paris, j'étais en train d'entasser mes vêtements dans une valise quand Philippe entra. Je ne l'avais pas vu depuis longtemps. Il avait changé, en mal. Ses chaussures cirées jusqu'à la corde, ses cheveux trop peignés et sa morgue avaient achevé de transformer le charmant petit garçon qu'il avait été en futur rouage d'une entreprise. Où était donc passé le grand frère rêveur que j'avais connu dans mon enfance et avec qui j'allais dénicher des oiseaux chez l'Arquebuse ? Ses traits moraux et les lignes de son visage s'étaient épaissis. Plus il vieillissait, plus il ne savait que ce qu'il avait appris. Tout en lui laissait à penser qu'il était déjà pourri, avant même d'être mûr, par l'idée convenue qu'il se faisait de la réussite.

— Papa fait une drôle de tête. Qu'as-tu encore fait ? me demanda-t-il.

— Une faute grave Philippe, la plus grave. J'ai fait l'amour.

Il me conseilla de rentrer dans le rang et de troquer ma joie de vivre contre le costume, certes gris, mais plus seyant selon lui à un jeune homme comme moi, d'une vie axée sur les concours des grandes écoles. Le travail me ferait passer le goût du sexe.

Pauvre Philippe, il ne comprenait rien. Son étonnante précocité à devenir con me laissa pantois. J'avais même remarqué depuis un certain temps qu'il se croyait obligé d'organiser ses goûters avec ses amis comme des déjeuners d'affaires, et, comble de raffinement, le mot « goûter » avait été remplacé par le terme, considéré comme plus noble, de « thé ». Philippe n'allait donc plus se goinfrer de pains au chocolat avec ses potes comme avant ; monsieur allait « prendre le thé », voyez-vous. Il n'avait plus de cartable mais un « porte-documents », ou une « serviette » pour les jours de grande modestie, dans lequel il glissait non plus ses cahiers mais ses « notes de cours ». Je crois même qu'il n'avait plus de copains, mais seulement de futures relations.

Son admission à Sciences Po l'avait aidé à se prendre pour quelqu'un d'intelligent. J'eus moi aussi quelques illusions du même ordre ; mais elles furent éphémères. Je ne me suis trouvé du génie que jusqu'à dix-sept ans ; puis j'ai compris qu'on n'est rien avant quarante ans, quarante-cinq ans, et je m'aperçois qu'il faut toujours reculer la date.

Philippe me regardait stoïquement arranger des piles de slips au fond de ma valise, quand il me demanda où j'allais.

— Papa m'envoie loin de Paris, loin de Clara, répondis-je ; à Rome, au Lycée français de Rome.

— Loin de Clara..., reprit Philippe ; tu... avec

Clara ? fit-il affolé comme si on venait de lui annoncer une mauvaise note.

— Oui, avec Clara.

— T'es gonflé.

— Tu ne le savais pas ?

— Je savais que tu étais gonflé, mais je ne savais pas que Clara et toi... non, tu rigoles ?

— Papa, lui, n'a pas l'air de rigoler. Aide-moi à fermer ma valise.

— Quand pars-tu ?

— Tout de suite. Je dois être à la gare dans une demi-heure.

Le train filait vers l'Italie. A mesure que mon corps se déplaçait vers Rome, mon esprit s'attachait davantage à Paris. Comment papa avait-il pu imaginer un instant me détacher de Clara en m'expédiant au voisinage du pape ? Rome est une ville sainte ; peut-être croyait-il aux miracles. Il n'avait, en tout cas, ni lu ni vu *Roméo et Juliette*, sinon il aurait su qu'on n'exile pas un amant transi d'amour loin de sa maîtresse sans provoquer un effet boomerang. Le retour à la case départ du prétendant est une nécessité de la nature.

Sitôt arrivé à Rome, je postai une lettre à Clara pour la prévenir de ma déportation. Cette formalité essentielle remplie, il ne me restait plus qu'à rejoindre ma nouvelle école.

A l'angle d'une rue sale et bruyante, un bâtiment vétuste à l'architecture incertaine tenait encore debout. Seule la grille de l'entrée, les barreaux des fenêtres et les hauts murs infranchissables avaient l'air d'être en bon état. Vestige d'une époque où éduquer était synonyme

149

d'embastiller, le tristement célèbre lycée Chateaubriand portait bien son nom. Dieu merci, l'Instruction nationale du siècle dernier était pauvre ; sinon elle aurait fait construire des miradors aux quatre coins de la cour de récréation.

Je pénétrai, la mort dans l'âme, dans l'enceinte de ce charmant établissement. Un papillon me précéda sous la voûte du portail ; je le suivis, intrigué qu'un animal si coloré pût s'aventurer dans un endroit si sombre.

Mon futur professeur principal me reçut aimablement dans la cour d'honneur. Lui-même semblait écrasé par l'atmosphère carcérale qui régnait dans ces murs. J'abandonnai mon papillon et le suivis dans son bureau.

Plus il me parlait, plus il me semblait l'avoir déjà croisé, sans pouvoir toutefois dire exactement où et dans quelles circonstances ; lorsque tout à coup surgit de ma mémoire l'image d'une représentation théâtrale. Digne frère jumeau de Cyrano de Bergerac, cet homme n'était en effet pas doté d'un nez mais d'un monstrueux appendice nasal qui, tel un radar, semblait faire le guet à l'avant de son visage.

Assis devant lui, je me rendis compte, avec effroi, que si un courant d'air venait à le faire éternuer, je serais sans doute balayé par de violentes rafales de crottes de nez. Heureusement, les fenêtres étaient bien fermées.

Il m'exposa longuement le contenu de mes programmes scolaires. Sa voix triste et ses yeux mélancoliques me touchèrent. Que sa trompe avait dû être lourde à porter tout au long de sa vie ! Peut-être avait-elle même poussé avant le reste de son visage, défigurant ainsi le charmant petit garçon qu'il aurait dû être. Je l'imaginai à huit ans, assis sur une marche d'escalier, caressant son nez pour se consoler, comme d'autres câlinent leur ours en peluche. Cette scène attendrissante me bouleversa. Je le vis encore, un peu plus vieux, amoureux et maladroit devant une jeune fille, ne sachant comment dissimuler son appendice. Il m'apparut ensuite, jeune homme, faisant rire de sa difformité pour ne pas en pleurer, avec la même drôlerie que mettaient les fous à divertir les rois en se jouant de leur bosse. Puis il avait dû se rendre à l'évidence : personne ne l'aimerait jamais.

Perdu dans ma reconstitution de sa cruelle destinée, je n'écoutais plus ses paroles que distraitement.

— Votre père travaille à Rome ? me demanda-t-il soudain.

— Non, répondis-je en sortant de ma rêverie.

— Pourquoi êtes-vous venu ici ?

— On a préféré m'éloigner... pour que ce ne soit pas trop dur, dis-je en feignant du désarroi.

— Que s'est-il passé ?

— J'ai perdu ma mère...

Je ne mentais d'ailleurs qu'à moitié. Elle était bien morte, même si cela faisait presque dix ans. Mon professeur s'excusa et me dit que papa ne l'avait pas prévenu. Puis il continua à parler, mais à voix basse. Son air compatissant m'alla droit au cœur.

Cette situation fausse flattait mon goût du jeu. Après tout j'étais à Rome, loin de Paris. Autant en profiter pour enfiler un nouveau déguisement et me composer un personnage sur mesure qui me permettrait d'esquiver certains désagréments.

— Ce n'est pas facile tous les jours..., poursuivis-je. Et puis, quand je pleure, le soir, ça me donne mal à la tête. Après j'ai un mal fou à apprendre mes leçons...

— Je t'aiderai, fit-il gentiment. Tu n'auras pas trop de travail.

Cette attention me toucha tout particulièrement. Je l'en remerciai chaleureusement et sortis de son bureau.

Il était presque cinq heures. Les autres élèves étaient encore en classe mais il était trop tard pour que je reprisse les cours le jour même. J'en profitai pour aller saluer les différentes autorités de mon nouveau pénitencier, et, en bon stratège, je frappai d'abord au carreau de la loge du concierge. Il sursauta et, un peu gêné, s'empressa de dissimuler sous une pile de quotidiens communistes la revue pornographique qu'il était en train de feuilleter. J'appris plus tard que ledit concierge, français d'origine, était un ancien curé défroqué qui, après avoir engrossé à trois reprises le dragon qui lui servait de femme, était devenu membre du parti communiste italien. On murmurait même dans les couloirs du lycée qu'il avait un jour essayé de passer à l'Est; mais les Soviétiques, surpris, l'auraient refoulé à la frontière. Il en aurait alors conçu une haine farouche pour l'U.R.S.S. Toujours est-il qu'il me fit signe d'approcher à travers la vitre de sa loge.

J'entrai.

— Bonjour monsieur, j' suis un nouveau. Je viens d'arriver.

— Je vois ça, sinon t'aurais dit « monsieur Mallortie », comme tout le monde.

— Bien monsieur Mallortie.

— Tu crois sans doute que je ne sais pas comment les élèves me surnomment...

— Non, non, je ne crois rien...

— Autant te le dire puisque tu l'apprendras tôt ou tard. Ils m'appellent Staline ! Je leur en foutrai, moi, du Staline à tous ces petits bourgeois...

— ... à tous ces petits bourgeois, répétai-je à voix basse.

— Qu'est-ce que t'as à répéter ce que je dis ? Tu te fous de moi ?

— Non, non, au contraire...

— Au contraire de quoi ? Ma parole, tu te payes ma tête !

— Pas du tout, je vous jure.

— Parce que dans ce lycée, y a rien que des fils à papa ! Mais qu'est-ce que tu me veux ?

— Rien, je venais juste...

— Juste fayoter, quoi.

— Ouais, ça doit être ça, dis-je en souriant.

Stupéfait, il resta un moment en arrêt, se gratta le nez et me donna une tape sur l'épaule.

— Eh bien petit, j'aime qu'on soit franc !

— Vous fumez ? lui demandai-je en sortant un paquet de cigarettes de ma poche.

— Des françaises ?

— Oui.

Il en prit une, l'alluma et tira dessus comme un crapaud, histoire de salir un peu plus ses bronches; puis, l'air manifestement satisfait, il recracha toute la fumée par ses narines.

— Pas mauvaises...

— Je vais en recevoir de Paris, alors si... vous voyez ce que je veux dire; ne vous gênez pas.

— J'ai jamais craché sur du bon tabac... D'ailleurs donne-moi ton paquet : confisqué. « Les élèves n'ont pas le droit de fumer dans l'enceinte du lycée », article trente-deux du règlement. Et encore, t'as de la chance que je ne t'envoie pas chez le surveillant général. Allez, file.

Je sortis de sa loge et, dès que j'eus le dos tourné, il en profita pour se mettre un petit coup de rouge derrière la cravate. Apparemment, Staline ne suçait pas que de la glace; mais, après tout, quand on est déjà curé, marié et communiste, on n'en est pas à un vice près. Il devait très certainement penser qu'il m'avait eu; alors qu'en fait, et sans qu'il s'en fût aperçu, c'était moi le gagnant de notre entrevue : je savais désormais comment monnayer mon droit de sortie du lycée. Il suffisait que Claude m'envoyât quelques paquets de cigarettes françaises. Staline ne devait pas être homme à refuser des cadeaux.

Ma visite suivante fut pour les cuisines, mais on m'expulsa avant même que j'aie pu me présenter. Vexé par cet accueil, je rejoignis le dortoir pour y défaire mes valises.

Au lycée, la vie s'organisait. Je m'ennuyais. La cantine désespérait mon palais : le chef de Clara me manquait. La nuit, le dortoir résonnait de ronflements aux sonorités caverneuses. Rien à voir avec le léger souffle de Clara quand sa tête était posée sur mon oreiller. Quant aux pieds de mes camarades, ils avaient beau être petits, ils sentaient fort. Trop fort pour mon nez aiguisé par les parfums de Clara. J'étais devenu une poule de luxe, avec tout le ridicule qui s'attache à cet état.

Je pris conscience pour la première fois qu'on ne devient que ce qu'on vit. L'idée est vulgaire ; mais la sensation est vertigineuse. Affolé, je me mis à renifler les chaussettes de toute la chambrée. Le soir venu, je m'interdisais de m'endormir pour me forcer à bien entendre les ronflements. A la cantine, je m'empiffrais de mets infects et tièdes. Avec rage, je voulais retrouver le Virgile des origines.

Bien mal m'en prit. A force de me gaver de cochonneries au réfectoire, je connus la constipation et son contraire. J'eus même de la fièvre. Mon parcours du combattant à la recherche de soi-même se termina à l'infirmerie, avec un thermomètre dans le cul.

Puis j'en sortis.

Mais toujours pas de nouvelles de Clara. Le temps est si long quand on attend une lettre. Je soupçonnais même les horloges italiennes de ralentir leurs aiguilles. L'Italie est un pays de compromis. Les Romains s'étaient-ils arrangés avec le temps ? Toujours est-il qu'il me semblait bien lent à s'écouler.

Ce jour-là, en classe, Clara occupait encore mes pensées quand mon professeur — celui au long nez — m'interpella :

— Vous rêviez ? me demanda-t-il.

— Oui.

— Après tout, ce n'est pas un crime..., fit-il en souriant.

Il reprit son cours. Je le suivis quelques instants et décrochai très vite pour me replonger dans mes songes ; quand tout à coup le proviseur entra. Ce dangereux maniaque sexuel, que les élèves redoutaient, avait une tête chevaline et circulait dans les couloirs, de jour comme de nuit, avec des bottes aux pieds, des éperons et une cravache. On murmurait même qu'il hennissait quand il se levait le matin, avant d'avaler sa ration d'avoine.

— Virzile Zauvage ! s'écria-t-il en zozotant.

— C'est moi, dis-je timidement.

— Vot' mère vient d'arriver de Paris. Elle veut vous voir tout de fuite.

— Ma mère ! sursautai-je, interloqué qu'elle se décidât soudain à ressusciter.

Immobile et perplexe, comme dissimulé derrière son appendice nasal, mon professeur me regardait sans rien comprendre. Officiellement, et il en était resté à cette thèse, ma regrettée mère venait juste de rendre l'âme. Il ne semblait pas pouvoir imaginer que j'aie pu mentir sur un sujet aussi grave. Je me contentai d'un haussement d'épaules pour toute explication et sortis de la classe pour suivre le proviseur qui démarra au petit trot dans les enfilades de couloirs.

— Vot' mère vous z'attend dans la cour d'honneur, me lança-t-il.

Mais qui était donc cette mère qui me tombait sur les bras ? L'Arquebuse n'aurait pas osé faire croire que j'étais son fils ; les enfants de la ménopause sont plutôt rares. Je ne voyais pas non plus mon père s'affublant d'une perruque pour se faire passer pour ma mère. Restait Clara, ultime solution que je m'étais gardée en dernier, comme on fait pour le dessert. Mais elle n'avait pas répondu à ma lettre.

Le proviseur me fit signe de poursuivre seul et me laissa pour aller, au grand galop, corriger quelques garnements. Cravache au poing, il en frétillait déjà d'aise, le vicieux. Je m'abstins de lui donner un sucre et, les tempes battantes, je me dirigeai vers la cour d'honneur. Un lacet défait me fit trébucher. Comme on tombe souvent sur le chemin de l'amour ! Je me promis de toujours me relever ; ce que je fis dans l'instant. En passant devant les toilettes, des graffiti attirèrent mon attention : des cœurs réunissant deux noms étaient gravés dans le bois de la porte. Mais ces amours d'adolescents ne menaient qu'aux chiottes.

La cour d'honneur n'était plus très éloignée, au bout d'un long corridor sombre. Clara devait être là. Encore quelques secondes et je la serrerais contre moi. N'y tenant plus, j'allongeai le pas ; mais je me mis à réfléchir et m'arrêtai soudain. En me jetant ainsi, si naïvement, à sa rencontre, j'aurais agi sans maturité, comme un jeune chien fou qui ignore l'art de se faire désirer. Mieux valait la faire attendre jusqu'à ce qu'elle en vînt à penser que je ne viendrais pas et qu'à son tour elle se crût abandonnée. Alors je tiendrais ma vengeance, si mesquine fût-elle ; car enfin, elle m'avait bien fait elle-même patienter plus d'une dizaine de jours sans me donner de nouvelles.

Pourtant Clara et moi étions, me semblait-il, au-delà de ce petit jeu stérile de cache-cache ! A moins que, justement, aucun couple ne puisse se passer de cette comédie de la séduction pour prolonger l'état de passion ; et plus j'y pensais plus cette tragique hypothèse trouvait du crédit dans mon esprit. Il fallait, quoi qu'il m'en coûtât, me plier à cette logique comme des millions d'amoureux l'avaient fait avant moi.

J'aurais donc dû la faire attendre encore ; mais, ne pouvant supporter de rester plus longtemps à quelques dizaines de mètres d'elle, je me remis en marche vers la cour d'honneur, en feignant cependant de n'être pas pressé, comme si Clara n'avait plus été pour moi qu'une vague amourette. Mon indifférence suffirait à la faire souffrir, du moins l'espérais-je. Je ne lui voulais pourtant que du bien ; d'où venait donc cet impétueux besoin de la blesser pour mieux la retenir ? Si j'y avais trouvé du plaisir, tout aurait été clair ; mais ce n'était pas le cas. Une irrésistible envie de la prendre dans mes bras bouillonnait en moi. Mais si je cédais à cette tentation avec trop de promptitude, elle comprendrait sans doute qu'elle dominait notre liaison. Je m'exposerais alors au désespoir d'être délaissé ; elle n'aurait plus à mon égard ces empressements qu'on manifeste aux êtres chers dont on n'est pas sûr d'être aimé. Son attention se porterait sur de nouveaux amants qui, plus malins que moi, sauraient mieux la tourmenter par d'incessantes petites frustrations en la rendant, si possible, chaque jour plus jalouse.

Cette vision du monde, peut-être incontournable, me révolta. Je préférais, finalement, encore courir le risque de souffrir plutôt qu'accepter d'en être réduit à masquer mes sentiments. Il devait bien exister une troisième voie. Ragaillardi par cet espoir, je détalai vers le bout du couloir.

La cour s'ouvrit à moi mais, comble de surprise, il n'y avait personne. Clara s'était envolée. Le souffle coupé, je n'en croyais pas mes yeux. A trop vouloir la faire attendre, je n'étais parvenu qu'à la faire repartir. Elle avait dû croire qu'en ne répondant pas à ma lettre, elle m'avait irrité et que, vexé, je ne voulais plus la revoir. Dieu que j'avais été bête ; que ne m'étais-je rué vers elle avec plus de précipitation ! Mes subtiles ruses amoureuses n'avaient fait qu'engendrer un absurde malentendu.

Désolé, j'allais retourner en classe quand je m'aperçus soudain, avec stupeur, que je ne me trouvais pas dans la cour d'honneur. Absorbé par

159

mes réflexions, j'avais, tel un vieux cheval, suivi mon chemin habituel : celui qui menait à la cour de récréation.

Je retraversai le lycée à toutes jambes. Un groupe d'élèves me barra un moment le passage dans un escalier étroit. Hors de moi, je les bousculai et repris ma course effrénée dans le dédale des couloirs pour déboucher, finalement, sur la cour d'honneur.

Clara était là, belle comme un printemps sans giboulées, grisante comme une liqueur fruitée.

Je m'approchai d'elle, encore haletant, sans prendre la peine de dissimuler le ravissement que j'éprouvais.

— Je ne t'ai pas écrit pour te faire une surprise, me dit-elle en souriant.

La garce, je ne pouvais même pas lui en vouloir. Elle ne m'avait laissé croupir sans nouvelles que pour accroître mon bonheur de la retrouver. A moins qu'elle ne cherchât qu'à justifier son trop long silence. Je ne parvenais plus à démêler le vrai du faux, quand elle me tendit ses lèvres en baissant légèrement ses paupières. Troublé par une si délicieuse avance, j'en oubliai mes soupçons et m'abandonnai dans ses bras.

C'est alors que j'aperçus, deux étages plus haut et à travers une fenêtre, mon professeur principal qui nous regardait. Ses yeux étaient comme des boussoles déréglées. Puis il détourna la tête et reprit le fil de son cours.

Clara, qui n'avait rien remarqué, s'adressa à moi :

160

— Tu m'aimes ?

— Bien sûr, répondis-je surpris par cette question.

— M'aimerais-tu autant si j'avais un long nez ?

— J'éviterais ton profil. Je te regarderais de face.

— Et si j'avais de gros yeux...

— Je ne verrais que ton regard.

Clara avait cette beauté apaisée qui dépasse l'esthétique et que seul procure le sentiment d'être aimé. Un frisson d'aise traversa son visage.

— Je t'emmène déjeuner, me lança-t-elle avec gaieté. J'ai prévenu le directeur.

— De quoi ?

— Que la mère de Virgile Sauvage l'emmenait déjeuner, fit-elle d'un air entendu. J'ai une surprise pour toi, dehors.

A la sortie du lycée, quelqu'un était assis de dos dans une grosse voiture décapotable. Il me sembla que c'était l'envers de Claude. Il se retourna. Son endroit me fit un sourire. Clara prit le volant, je m'installai à l'arrière et la voiture démarra en faisant crisser les pneus, comme dans les films d'aventures.

Ma maîtresse et mon pote venaient de m'enlever. Dieu qu'il est beau de vivre ses seize ans quand on brûle cette étape. Clara accéléra. Fouette cocher et que jamais ne ralentisse cette vie qui est la mienne et que j'aime tant.

Notre voiture se frayait un chemin dans Rome à coups de klaxon. Des hordes d'ecclésiastiques circulaient en couple dans les ruelles; entre hommes naturellement. Bizarrement, leur Eglise a toujours trouvé plus moral de mettre les femmes entre elles et les hommes avec les hommes; pourvu qu'ils s'aiment, bien entendu. C'est essentiel l'amour pour les curés; une obsession en quelque sorte.

Les embouteillages étaient tels que, exaspérés, nous finîmes par garer notre voiture. Un passant nous confia en souriant qu'à Rome les organes majeurs de la circulation sont les pieds. C'est donc à pied que se poursuivit notre pérégrination. Nous ne cherchions rien, sinon le bonheur. Clara, Claude et moi n'avions pas de soutane mais nous nous fondions très bien dans la foule. Autour de nous les cris parlaient italien. Les gens avaient des visages de soleil. La cité n'était pas sérieuse; même la forme des rues prêtait à sourire.

Sur une petite place, un restaurant exhalait une merveilleuse odeur de pain grillé à l'huile d'olive. Nous nous installâmes à la terrasse. Claude déplia un prospectus sur la ville et Clara regarda le menu. Nous avions l'air d'une famille de touristes affamés. Mes yeux mastiquaient les plats à mesure que je déchiffrais leur nom sur la carte (en version originale).

— Tiens ! fit Clara. Il y a des huîtres. Vous en prenez ?

Claude, tendu par les contractions de son intestin, opina de la tête avec satisfaction. Naturellement circonspect dans mes choix culinaires, je n'avais jamais osé goûter à ces mollusques. Cette fois-ci, je poussai l'audace jusqu'à accepter.

— Vous en voulez combien ? demanda Clara.

— Moi j'en prends trois.

— Ça se commande à la douzaine, rectifia-t-elle.

— Comme les chemises ? dis-je avec stupéfaction.

Les huîtres introduisirent d'autres mets succulents qui me ravirent le palais. Quand je sentis l'exquis fumet d'un coquelet au basilic pénétrer dans ma narine frémissante, je faillis connaître l'orgasme du gourmet. Je découvrais l'Italie du bout de ma fourchette et ce pays me parut *al dente*.

Nous finîmes notre repas. Clara régla l'addition, avec l'argent de son mari, et nous décidâmes de passer l'après-midi à nous balader. Elle me ferait un mot d'excuse pour le proviseur. Je ne retournerais au lycée que tard le soir. Après tout, il entre dans les attributions d'une mère, fût-elle une usurpatrice, de pouvoir disposer de l'emploi du temps de son fils, fût-il son amant.

Nous descendîmes jusqu'au Colisée, vieux stade désaffecté. Un écriteau polyglotte indiquait qu'on n'y dévorait plus de chrétiens depuis le premier siècle après le regrettable incident du Golgotha. Claude, qui avait de la culture, nous expliqua avec force rugissements comment de gros lions, qui n'avaient rien à voir avec les descentes de lit qui peuplent nos zoos, croquaient tout crus les premiers chrétiens. Selon ses sources, il n'y avait guère que deux solutions pour sortir vivant de l'arène : soit être saint, ce qui permettait de snober le lion, soit être soi-même le lion.

Après ce brillant exposé, qui dénotait une profonde connaissance du début de l'ère chrétienne, Claude nous quitta pour aller réserver son billet d'avion. Il devait repartir le lendemain au petit matin. Son employeur n'aurait pas souffert plus d'un jour d'absence. Nous devions le retrouver plus tard dans l'après-midi.

Nous poursuivîmes sans lui nos déambulations dans Rome. Le verbe haut, je devisais avec Clara, vitupérant Staline, claironnant ma joie d'être en sa compagnie. Pour illustrer mes propos, je passai même une main dans son soutien-gorge. Un sentiment de très grandes vacances me gagnait. La vie s'ouvrait tout à coup devant moi aussi largement que l'estuaire d'un fleuve amazonien. Plus je sentais l'appel du grand large, moins je me voyais retourner sur les bancs de l'école. Je m'imaginais enlever Clara et disparaître avec elle dans un pays lointain et chaud. Qui sait ? Peut-être irions-nous même jusque dans les îles, là où le ciel rejoint la mer et où fleurissent les toiles de Gauguin.

Accoudé à un balcon de pierre qui dominait le Capitole, je rêvassais, le nez plongé dans une fleur que je venais de cueillir. Debout à mes côtés, Clara inclina la tête sur mon épaule et se mit à me caresser la nuque.

— Clara..., chuchotai-je, si nous partions tous les deux ?

— Si tu veux...

Partir, oui, mettre les voiles avec Clara, quitter la France où mon père me retrouverait toujours, fuir le lycée et mon enfance, larguer les amarres. Je ne voyais plus que cela : le grand voyage avec la femme que j'aimais, aux confins des océans. Nous perdrions notre vie à la sueur de notre front, allongés sous des palmiers, sur des plages au sable de sablier. Le temps ne s'écoulerait plus, nos journées seraient à nous, le soleil nous appartiendrait. Ne disait-on pas que les habitants des îles se nourrissent de fruits tropicaux et de poissons colorés ?

— Si on allait en Polynésie, aux Marquises ou à Bora Bora ? dis-je doucement.

— J'ai des amis à Tahiti. Ils ont une très jolie villa. On pourrait y passer deux semaines en juillet ; mais il faut s'y prendre dès maintenant. A cette époque, les avions sont pleins. Tu es bien en vacances en juin ?

Sa réponse me fit tressaillir. Elle n'avait donc rien compris. A moins qu'elle n'eût fait exprès de mal saisir le sens de ma question. Il ne s'agissait, pour moi, ni d'aller faire le décadent pendant quinze jours dans une villa cossue, encore moins de prendre l'avion. Le luxe ne m'avait jamais inspiré de la répulsion — j'ai toujours eu un faible pour les slips fourrés de vison — mais j'en avais ma claque de ces éternels entractes. Il y avait eu malentendu sur notre contrat. Je n'étais pas devenu l'amant de Clara pour qu'elle me tînt par la main jusqu'à ce que mort s'ensuive. N'était-il pas prévu que je cesserais un jour de porter des culottes courtes ? Ma barbe commençait à pousser. Des vacances supplémentaires, même en première classe, ne me tentaient guère. Je ne voulais plus repousser l'échéance. J'étais prêt à passer à la caisse, à payer le prix de ma liberté ; quel qu'en fût le coût, si Clara venait avec moi. C'est à bord d'un long-courrier que j'étais décidé à me rendre avec elle dans le Pacifique ! Nous ferions la plonge et laverions le pont du navire pour payer notre voyage et un beau matin, après avoir franchi le cap Horn et celui de la Désespérance, après avoir vomi notre tripaille pendant toute la traversée pour cause de mal de mer, nous verrions enfin le port de Papeete. Des hordes de Tahitiens hilares et enduits de crème solaire viendraient à notre rencontre en pirogues et, comme dans *Les révoltés du Bounty*, des vahinés graciles aux petits seins fermes nous couvriraient de colliers de fleurs. Après tout, est-ce un crime d'être naïf ?

— Je me suis mal fait comprendre, dis-je avant de tousser.

— Tu préfères qu'on ne soit chez personne, rien que tous les deux ? Je connais un bel hôtel à Bora Bora...

— Non Clara, je voulais dire que... En fait, j'aurais voulu que tu comprennes toute seule.

— Quoi ?

— Je voudrais qu'on parte tous les deux, pour de bon.

— Pour combien de temps ?

— Pour toujours. Tu quittes Jean et moi le lycée.

— Ah...

Déconcertée, Clara demeura interdite quelques secondes. Mais, avant même qu'elle ne m'ait répondu, j'étais déjà déçu. Si elle avait été aussi passionnée que moi, elle aurait acquiescé dans l'instant. Au lieu de cela, les yeux mi-clos et le souffle coupé, elle semblait évaluer les risques qu'elle encourait à me suivre : papa la déférerait peut-être devant un tribunal pour détournement de mineur, Jean lui couperait sans doute les vivres, adieu l'aisance des temps faciles, bonjour l'âpre quotidien d'une femme jusque-là protégée par la fortune et soudain livrée presque à elle-même. Son attitude pusillanime m'inspira un mouvement de recul et me dépita profondément.

— Il fait chaud, non ? fit-elle en dégageant le col de son chemisier. Tu sais, tu me prends de court. Il faudrait qu'on en parle, ajouta-t-elle un peu gênée.

— Oui, je comprends, dis-je en ravalant ma salive.

— Cela ne te gêne pas que je prenne mon temps pour... pour y penser, quoi ?

— Non, au contraire, répondis-je en souriant jaune.

— Tu es sûr ?

— Oui, oui...

— Tu me le dirais, sinon ?

— Oui, oui... enfin non, avouai-je en la fixant droit dans les yeux.

Emue, Clara me prit dans ses bras et me serra longuement contre elle. Son étreinte avait quelque chose de pathétique et de désespéré, comme si, consciente de m'avoir heurté, elle craignait désormais de me voir me détacher d'elle. Je m'écartai un peu et la regardai. Elle baissa les yeux. Ses lèvres tremblaient. Je n'étais pas non plus très fier : il m'était facile de tout quitter. Hormis mes douze chemises de chez Hilditch et mon train électrique laissé à Paris, je n'avais pas grand-chose à perdre. Et encore, je pouvais emporter les chemises avec moi. Quant à Claude et à l'Arquebuse, ils pourraient toujours venir me rejoindre en Polynésie.

— Pardonne-moi..., me dit Clara à voix basse.

Puis, plus haut, en se ressaisissant :

— Viens, il faut qu'on y aille, Claude va nous attendre. On est déjà en retard. Et puis on doit se préparer. Je vous emmène dans un cocktail, ce soir.

A l'entrée d'un grand palais romain, un petit larbin, genre gardien de musée, ouvrait la porte aux invités. Nous entrâmes, dignement. Claude et moi étions fagotés dans nos smokings loués pour la circonstance. Clara, qui nous précédait, n'en finissait pas de remettre sur son épaule un grand châle qui tombait sans cesse.

Dans le hall d'entrée, l'or et le cristal ruisselaient. Jamais je n'avais vu autant d'argent dépensé pour rien, même pas pour rire ; car, malgré ce somptueux décor de fête, la poignée de milliardaires qui, dans le grand salon, se jetaient des confettis à la figure respiraient la tristesse.

Le maître des lieux s'avança vers nous, le visage rougeaud, l'œil glauque et l'air aviné. Il titubait plus qu'il ne marchait. Son cerveau devait avoir absorbé, tel un spontex, plus d'un litre d'alcool pur. En équilibre sur ses courtes jambes, il se planta devant nous. L'ennui alourdissait ses traits. Il nous salua distraitement et embrassa Clara qui nous présenta ; puis il s'en retourna auprès de ses invités qui, le verre à la main, se lançaient des coups d'œil furtifs et lubriques.

Tous ces pauvres riches paraissaient s'être réunis là, entre eux, dans l'espoir, une fois encore déçu, de se divertir pour échapper, ne serait-ce qu'une soirée, à l'accablante monotonie de leur existence. Amers de s'être déplacés pour rien, la plupart ruminaient sans fin des chips en s'abreuvant de whisky. La réalité m'apparut plus lamentable encore que le cliché d'un certain monde. Pourtant, c'était précisément ce cadre, fait de bijoux, de soie et de puissance affichée, qui m'avait fasciné la première soirée où, à Paris, j'avais rencontré Clara. Mais, désormais, je sentais que ce même débordement de luxe et de fric la retenait. Elle était prisonnière. Son âme était tatouée. Je me mis à haïr cet univers. Jamais elle ne le quitterait pour moi. Elle était de ce milieu comme on est d'une province. Tous ses tics de caste lui revenaient. Ses attentions étaient feintes. Elle s'esclaffait plus qu'elle ne riait. Son air à la fois hypocrite et confit de bonne éducation m'irritait.

Des photographes vinrent immortaliser la misère de cette réception. Les flashes crépitèrent. Je pensais aux lecteurs qui, à la fin de la semaine, allaient rêver devant ces images publiées dans les magazines. J'en eus la nausée. La mort dans l'âme, je voulus sortir tout de suite de cet endroit insalubre. Par un phénomène d'osmose, je commençais à me sentir contaminé par la médiocrité ambiante. Mais Clara s'amusait, du moins le disait-elle, et Claude aussi. Elle me proposa une aspirine. Déçu par cette réponse qui prouvait qu'elle n'avait rien compris, je refusai et partis seul, la laissant discuter avec des cuistres qui émaillaient leurs propos indigents de mots anglais. Autrefois, quand on voulait faire passer une banalité, on s'exprimait en latin; aujourd'hui, on bafouille en franglais, *isn't it* ?

Préférant conserver l'argent que Clara m'avait donné pour le taxi à des fins plus utiles — achat de livres de cuisine, acquisition de bandes dessinées, etc. — je traversai Rome à pied, les mains dans les poches et le cœur gros. Cette réception dérisoire avait agi sur moi comme un révélateur. Furieux, je shootai une boîte de conserve dans le caniveau. Ah elle était rusée ma bourgeoise ! Elle m'avait bien eu en me faisant croire que j'étais un homme alors que je n'étais que le caniche de Madame, tout juste bon à être exhibé en public de temps en temps, histoire de faire jaser son petit monde friand de scandales en peau de lapin. A moins, et alors ce serait plus terrible encore,

170

qu'elle ne m'ait vraiment aimé et que, pour conserver ses perles et ses culottes de soie, elle n'ait préféré courir le risque de me perdre ; car elle ne pouvait ignorer que son attitude m'inspirerait plus que de la réserve à son égard. C'était faire peu de cas de notre liaison. Son choix m'écœurait.

Abattu par tant de désillusions, je me perdis dans les ruelles obscures de Rome et, presque hagard, je me cognai si fort la tête en heurtant de plein fouet un panneau de sens interdit que j'en tombai à la renverse. Une prostituée qui tapinait dans le coin rit aux éclats. Un peu sonné et vexé, j'eus envie de la gifler ; mais, comprenant ce que la scène pouvait avoir de drôle, je me mis à rire aussi en lui jetant un regard complice. Elle m'aida à me relever.

— Merci madame, dis-je en apercevant entre ses deux seins un crucifix en or.

Le sourire de cette jolie pute chrétienne et secourable me réconforta. Je repris mon chemin et n'arrivai au lycée qu'un peu après minuit, heure limite selon le règlement. A l'entrée, je tombai sur Staline qui me fit la leçon. Sa voix nasillarde était insupportable ; mais, trop fatigué pour l'assommer, j'acceptai ses remontrances sans broncher et partis me coucher.

Le lendemain, à la récréation du matin, j'errais dans la cour lorsque j'aperçus mon professeur principal — l'homme au long nez — qui venait dans ma direction. Nous ne nous étions plus revus depuis que, par une fenêtre, il m'avait vu embrasser goulûment Clara dans la cour d'honneur. Dans son esprit, l'affaire était non seulement incestueuse mais aussi fort complexe : il en était resté à la thèse du récent décès de ma mère.

Fuir m'aurait discrédité plus encore à ses yeux. Il m'avait vu. Je le saluai timidement quand il passa devant moi.

— Je vois que votre mère va beaucoup mieux, me lança-t-il avec ironie sans prendre le temps de s'arrêter.

La bouche sèche, je le regardais s'éloigner. Son humour pincé m'avait pris de court. Je le rattrapai en courant et m'adressai à lui, un peu essoufflé :

— Vous ne m'en voulez pas ? Vous comprenez, dans la famille on aurait tendance à ressusciter, ajoutai-je en souriant.

— J'ai aussi remarqué son immense tendresse,

très maternelle, à ton égard, insinua-t-il avec malice.

— Si je vous disais la vérité, vous ne me croiriez pas.

— Pourquoi ? rétorqua-t-il soudain intéressé.

— C'est une sorte de conte de fées amoral, mais aussi une très belle histoire d'amour. Tout a commencé un soir, à Paris...

Tout en marchant vers le bâtiment des classes, je lui racontai mon aventure. A mesure que je faisais revivre mes souvenirs avec Clara, presque malgré moi, je refermais la parenthèse de ce premier amour. Le futur manquait à mon récit. Que le passé me fût venu naturellement pour conjuguer notre histoire était déjà un signe ; mais l'usage répété de ce temps achevait, à mon insu, de me détacher de Clara.

Je ne la retrouvai qu'après les cours du matin, à son hôtel. Claude était rentré à Paris. Elle avait voulu déjeuner en tête à tête avec moi. J'avais accepté, moins par plaisir que parce qu'un refus de ma part aurait été lourd de signification. Je n'osais pas encore déchirer le voile. J'étais comme un automne qui retarde l'hiver. Dans la rue, pour aller au restaurant, je remarquai que, lorsque je marchais sur la chaussée, elle montait sur le trottoir ; comme si elle avait voulu gommer les quelques centimètres que j'avais pris depuis que nous nous étions rencontrés. Voulait-elle par cet artifice me dispenser d'âge adulte ? Elle m'avait bien dispensé de cantine.

Nous nous installâmes à la terrasse d'une petite trattoria, face à quelques ruines squelettiques de l'Empire romain : triste décor pour un déjeuner qui sentait la fin d'une époque. L'éclat de Clara avait l'intensité de ce qui est précaire. Sa fraîcheur menacée me fit palper le temps qui passe. Le maquillage ne suffisait plus à dissimuler ses premières rides. Bientôt l'âge viendrait à petits pas ronger son visage et ses traits s'affaisseraient sans espoir de jamais retrouver leur vigueur d'antan. Elle parlait. Je ne l'écoutais plus que distraitement. Elle en souffrait et sentait que je m'éloignais d'elle comme un radeau dérive parce que le vent a tourné.

— Alors, on y va aux Marquises ? lui demandai-je soudain en l'interrompant.

Mal à l'aise, elle esquiva la question et me prit la main. Le numéro de charme qu'elle fit pour tenter de me reconquérir était touchant ; mais plus elle manifestait son affection plus elle m'indifférait. Ses yeux fébriles cherchaient à capter mon regard toujours plus absent. Sa tension montait. Mon inattention l'exaspérait.

— Tu m'écoutes, à la fin ? me lança-t-elle excédée.

— Mais oui, lui répondis-je d'une voix doucereuse.

— Virgile, dit-elle gravement, quelque chose ne va pas ; alors maintenant on arrête de jouer et on met tout à plat.

— Mais de quoi parles-tu ? demandai-je, hypocrite.

— Qu'est-ce qui ne va pas ? insista-t-elle en pesant chaque mot.

— Mais rien, je te jure. *A l'île Maurice, à l'île Maurice...*, chantonnai-je. Tu connais ? C'est une chanson de Trenet. C'est beau l'île Maurice, mais les Marquises...

Clara était à bout. Elle se mordit la lèvre, de nervosité. Je jubilais.

Les jours suivants, à chacune de nos sorties, je lui reparlais des Marquises avec ironie. Elle s'efforçait de sourire, histoire d'alléger l'atmosphère, mais elle supportait de plus en plus mal mes allusions à son petit confort. Conscient de me trouver désormais du bon côté du manche, je voulais qu'elle se sentît coupable. Narquois et insidieux, je lui vantais les charmes de Bora Bora. Désemparée, elle baissait les yeux. Plus je prenais mes distances, plus elle ramait pour me séduire. Parfois, magnanime, entre la poire et le fromage, je feignais d'être affectueux. Elle s'en rendait compte et rougissait de honte à l'idée qu'elle ait pu m'inspirer de la pitié Je me vengeais comme une bête blessée, comme un ange déçu par son Dieu qui arrache ses ailes pour se changer en Lucifer.

Le samedi matin suivant, je m'éveillais dans le dortoir du lycée. Un surveillant, chargé du lever, s'avança dans l'allée étroite qui séparait nos lits de fer. Il distribuait un paquet de lettres dans un geste qui semait la bonne et la mauvaise nouvelle. Les quelques élèves qui avaient du courrier décachetaient fébrilement leur enveloppe, comme s'il avait pu y avoir quelque chose d'important dedans. Ceux qui n'en avaient pas feignaient de ne pas souffrir d'être délaissés. Un adolescent prit soudain un air grave et froissa le petit mot qu'il venait de lire. Tous les symptômes de la rupture amoureuse s'affichèrent sur son visage : au chagrin qui lui fit fermer les yeux succéda bientôt une expression de haine qui crispa ses mâchoires. J'aurais voulu lui dérober sa lettre pour voir d'un peu plus près comment on fait pour rompre ; mais le surveillant se présenta devant moi et me tendit une enveloppe. Je la pris, et ô surprise, reconnus les pattes de mouche de mon père, illisibles et nerveuses, à l'image de son cœur serré. Son écriture me toucha comme l'aveu d'une blessure.

A première vue, je ne comprenais pas pourquoi il s'était soudain décidé à m'écrire. Nous n'avions jamais su échanger ces petits mots courtois et insipides qui, paraît-il, normalisent les rapports entre les êtres. Trop tendues nos relations pour que nous puissions nous parler gratuitement. Intrigué, j'ouvris l'enveloppe et en sortis une carte. Le message était si court que j'aurais pu l'écrire sans faute d'orthographe : « *Virgile, reviens immédiatement à Paris. Ton père.* »

Que s'était-il passé ? Je prévins immédiatement Clara qui vint me voir au parloir du lycée. La pièce était grande, à la taille de la prétention des bâtiments. Clara entra, faussement à l'aise. Ses yeux semblaient me demander où nous en étions. Je ne répondis pas à sa question muette et lui expliquai la situation. Elle me confirma avoir, avant son départ, fait dire dans tout Paris, du moins le sien, qu'elle se retirait quelques semaines à la campagne. Papa ne pouvait donc pas savoir qu'elle se trouvait ici ; à moins que Jean, profitant de la situation, n'eût vendu la mèche. Mais j'écartai cette hypothèse ; Jean n'avait pas une âme de délateur.

Le mystère était d'autant plus inquiétant que je savais, par expérience, que lorsque papa écrivait au lieu de téléphoner, c'était en général pour éviter de s'emporter.

Clara restait sans réponse ; mais elle avait du mal à cacher la satisfaction que lui inspirait la tournure des événements. Je l'avais appelée avec trop de précipitation pour qu'elle ne s'imaginât pas que je l'aimais encore, et, par un effet d'entraînement, je me surpris à la trouver effectivement plus attrayante ; comme si l'idée qu'elle se faisait de mes sentiments avait, tout au moins sur le moment, façonné le regard que je portais sur elle. Sa voix résonnait dans le parloir. Elle redevenait légère, joyeuse et joueuse, prenant un malin plaisir à imaginer les pires éventualités. Elle me confia même, avec une gaieté mal dissimulée, qu'à son avis papa allait me faire séquestrer dans un établissement disciplinaire. Cette perspective semblait l'enchanter. Enfin j'aurais besoin d'elle. Je crois que cette femme m'aimait tant, que si elle s'était écoutée, elle en serait venue à souhaiter qu'un accident me paralysât à vie pour pouvoir me prouver son amour en restant à mes côtés. Depuis ce jour, quand je descends un escalier avec Clara, je tiens la rampe à deux mains, et, lorsque nous traversons une rue, je la laisse me précéder. Un accident est si vite arrivé...

Mais, quelle que fût l'idée que mon cher papa avait derrière la tête, je devais me plier à son oukaze, puisque Clara n'était pas tentée par les Marquises, et regagner Paris.

A peine arrivé dans la capitale, je filai à la maison et, alors que j'enfonçais ma clef dans la serrure de la porte d'entrée, je tâchai de me donner une attitude de grand pour affronter papa. Je tournai la clef et entrai. L'appartement sentait le renfermé, le caveau. Les couleurs étaient encore en deuil ; même la lumière du jour faisait de l'ombre dans le vestibule. Le grand salon me parut aussi triste qu'une larme mal essuyée. J'avançai et, le ventre noué, j'appelai. Le grincement des parquets me répondit. Philippe devait être encore en classe, ou plutôt en « conférence », comme il disait sans craindre le ridicule, puisque son petit monde le disait aussi. Seul le portrait de maman, accroché au-dessus du divan, me fit un sourire, un peu figé et jauni, mais un sourire quand même. Le désordre du salon me rappela son absence. Mes yeux devinrent brillants. La nostalgie m'avait pris de vitesse, la garce. Impossible, parfois, de juguler sa sincérité, la douleur vous pénètre, comme un vent de mélancolie, par effraction, sans ménager votre pudeur, un peu gênante, toujours trop brusque ;

et ensuite, difficile de s'en débarrasser, la tête s'échauffe, les doigts tremblent, l'aisance vous manque, les lèvres se dessèchent. Un claquement de porte me fit sursauter ; mais, heureusement, ce n'était qu'un courant d'air. Je n'aurais pas apprécié que quelqu'un me surprît le cœur ouvert, tout nu ou presque. Pleurer oui, enfin à la rigueur, sans abuser, mais alors à la sauvette ou, si on ne peut pas faire autrement, dans les bras d'une dame.

Je pris le couloir qui menait au bureau de papa, mon ancienne chambre, pour bien m'assurer qu'il était sorti, ouvris la porte sans frapper et... ravalai ma salive. Il était là.

Mon irruption lui fit ôter, avec un tressaillement de honte, le doigt qu'il avait dans le nez, et, récupérant tout son sang-froid, il me jeta un regard glacial.

— Je... je suis rentré, balbutiai-je.

Sans un mot, il sortit un magazine de l'un de ses tiroirs, l'ouvrit, le plia en deux et me le lança. Je le pris et, un peu gêné, reconnus sur une photo les invités de la soirée où, à Rome, Clara m'avait emmené avec Claude. Preuve irréfutable, on nous voyait tous les trois dans un coin du cliché, Claude et moi vêtus comme des pingouins et Clara scintillante de bijoux, genre arbre de Noël.

— Alors ? me demanda-t-il.

— La photo est bonne, franchement elle est bonne. Non ? Tu ne trouves pas.

Il me regardait sans bouger ; puis il ouvrit la bouche ; mais rien ne vint. Il toussota un peu et, mal à l'aise, s'efforça de sourire.

— Voilà, c'est fini, dit-il avec soulagement.

— Avec Clara ? rétorquai-je tel un coq piqué au vif.

— Non, ça c'est ton affaire. C'est l'enfance qui est finie. Tu vas maintenant voler de tes propres ailes.

— Qu'est-ce que tu veux dire ? dis-je effaré comme un condamné à mort demandant si on va vraiment lui couper la tête.

— Je n'ai pas besoin de te montrer tes bulletins scolaires depuis Clara. Tu as voulu être un homme, sois-le. L'école est finie.

Je n'avais pas rêvé. Le ciel m'était bien tombé sur la tête. Non mais quel père m'avait-on fichu ! Même pas capable de me rosser. J'étais rentré à Paris pour prendre une raclée, moi ; mais certainement pas pour me faire licencier de l'enfance sans préavis. Il me prenait de court, le diable. Changer d'âge au pied levé, pas facile. Mon trouillomètre n'en finissait pas de baisser. On ne m'avait pas appris l'irréversible procédure. Une fois envolé, je sentais qu'on ne me laisserait plus revenir en arrière ; on me déclarerait grand à vie, sans espoir de rémission. La perpétuité pour avoir trop aimé Clara, et sans sursis, un peu sec tout de même. En moi criait déjà l'enfant qu'on cherchait à étouffer ; en trop le garnement, vous comprenez, comme les chiots qu'on jette dans une mare avec une pierre autour du cou. J'avais déjà été privé de maman et voilà que l'âge adulte me confisquait mon père. En fait, je n'étais pas sûr qu'on eût moralement le droit de m'orpheliner comme ça, à la va-vite ; on aurait pu négocier, rien qu'un petit peu, histoire de ne pas me congédier sans titre ni pension.

— Virgile, reprit-il, je ne te jette pas hors de chez toi. Tu es déjà parti.

— On se reverra quand même ? de temps en temps ? lui demandai-je la mort dans l'âme.

— Tu semblais pourtant pressé de te débarrasser de moi...

— Papa, qu'est-ce que je vais faire ? demandai-je désespéré.

— Travailler.

— Je ne sais rien faire.

— Tu n'as pas choisi le chemin le plus facile, mais c'est le tien.

— Alors je suis... je suis tout seul ?

— On est toujours seul, ou presque, Virgile.

— L'île n'est pas déserte, il y a les femmes, non ?

— Plus on les retient, moins elles restent. Allez, je te raccompagne.

Il se leva, se retint de me prendre par l'épaule, comme s'il s'était interdit d'être tendre, et me précéda jusqu'à la porte d'entrée, au fond du couloir à droite. Au fond du couloir à droite, j'allais quitter l'enfance. Papa restait muet, gauche ou presque, en retrait de lui-même, comme pour ne pas risquer une effusion. Au moment où il allait actionner la poignée de la porte, il faillit parler ; mais les mots ne lui vinrent pas. Comme une fille qu'on courtise, j'attendais qu'il fît le premier pas. Il essaya à nouveau, mais en vain. Ses lèvres figées remuaient seulement un peu, de nervosité. Sa bouche était rouillée et verrouillée par tant d'années de non-dits. Ses dents serrées retenaient et filtraient les émotions qui lui venaient du ventre.

Transi de bonne éducation, dressé par son enfance bourgeoise à masquer sa sincérité, il n'avait pas su me parler d'amour, à moi, son fils. Gêné lui-même, il se contenta d'ouvrir la porte.

— Dis papa, je suis orphelin ?

— Dès le premier soir où tu es sorti, tu as délaissé la table des enfants. Il n'y a que les enfants qui soient orphelins.

— Alors, entre hommes, on peut quand même se serrer la main ?

Il me fit un baiser rapide et maladroit sur le front. Je franchis le seuil et, alors qu'il allait refermer la porte derrière moi, je me retournai brusquement. Ma volte-face le fit sursauter et, avant même que sa bonne éducation ne remît son cœur en cage, une lueur traversa son regard. Il comprit soudain ma détresse. Incapable d'articuler une gentillesse, il me sourit.

— Et dire qu'on aurait pu s'aimer..., murmurai-je.

Puis, plus bas encore :

— Papa, je t'aime ; mais je t'en supplie ne m'en parle jamais, ou pas ouvertement.

Sur ce, je détalai, dévalant les escaliers à m'en rompre le cou, transporté par un indistinct mélange de soulagement et d'inquiétude. Ma confusion était telle que, par mégarde, je ratai une marche, deux, trois et, déséquilibré, me rattrapai à la rampe ; mais, dans mon élan, je glissai soudain sur le tapis de l'escalier pour me retrouver, après une chute terrible, les quatre fers en l'air, sur le palier du rez-de-chaussée.

— Ça va ? me lança papa du haut de la cage d'escalier.

184

— Oui, oui, répondis-je en m'enfuyant vers la porte de l'immeuble.

Claude m'attendait dans la rue, assis sur le capot d'une voiture, lisant un journal.

— Alors ? me fit-il.

— Je viens de prendre un coup dans l'aile.

— Qu'est-ce qui s'est passé ?

— Papa m'a viré de la maison.

— Bienvenue au club des virés, me lança-t-il le sourire en coin.

Mais je n'avais pas l'âme à rigoler. Claude le sentit et parut un peu gêné d'avoir tenté une passe d'humour en une heure plus grave qu'il ne l'avait pensé.

— Il te reste Clara, ajouta-t-il gentiment.

— Oui, mais Clara c'est du trapèze, et le trapèze sans filet... il faut être sûr de son coup ; et là je flotte.

Nous déambulions le long du square Jean-Sébastien-Bach, silencieux, Claude les mains dans les poches et moi les poches vides. Qu'allais-je devenir ? Cette dernière fugue avec autorisation parentale manquait singulièrement d'attrait. Au bout du petit square, un buste de Bach trônait, couvert de crottes de pigeons. Lui au moins était musicien, me dis-je, il pouvait exploiter ses désarrois ; tandis que moi, aucune mélodie ne me venait, nulle poésie ne jaillissait de mon âme. Mon cœur battait bêtement de l'aile, comme ces pigeons nuisibles qui étaient venus se soulager sur le crâne du grand compositeur ; car c'était bien un sentiment d'inutilité qui m'inondait. Je ne valais, à mes yeux, guère plus que ces volatiles salissants : même pas capable de tirer de mes émotions une quelconque œuvre d'art, c'est tout dire. Mais qu'allais-je donc faire de moi et de mon incompétence généralisée ?

Claude finit par me donner un petit coup de coude qui me sortit de ma rêverie morose.

— Au journal, me dit-il, ils ont peut-être un autre job de livreur.

— Tu crois ?

— Ils ont toujours besoin de coursiers.

Merveilleux Claude, il me sauva des eaux, me fournissant un travail et un logis, en partageant avec moi sa petite chambre. J'installai le jour même mes affaires dans son placard et ma brosse à dents dans son verre ; non sans crainte d'ailleurs car, quelle que fût l'affection qu'il me portait, ou peut-être à cause de cette affection, je redoutais que, le soir venant, il ne se risquât à glisser une main baladeuse entre mes draps. La première nuit, je bordai donc soigneusement mon lit, improvisé sur des coussins, et ne fermai pas l'œil avant quatre heures du matin. Epuisé par ma surveillance, je laissai le sommeil me gagner. Claude, lui, dormait comme un bienheureux depuis onze heures du soir. Sur le coup de cinq heures du matin, un frôlement me réveilla en sursaut, haletant d'angoisse ; mais ce n'était que la brise qui, entrant par la fenêtre ouverte, avait soulevé mon drap. Heureusement, car si j'avais dû faire comprendre à Claude que les meilleures amitiés ont des limites, la nôtre en aurait probablement pâti. Je décidai donc, si le cas se présentait au milieu de la nuit, d'écarter délicatement sa main, sans le vexer, tout en continuant à faire le dormeur, afin qu'il ne sût pas que j'avais su et qu'ainsi le drame n'éclatât pas. Comme disait l'Arquebuse, la prévoyance est l'une des deux mamelles de la sûreté. J'étais donc paré. Mais alors que j'allais me rendormir, un détail retint mon attention. Le souffle de Claude était trop paisible et trop régulier pour qu'il fût naturel. Il devait très certainement faire semblant de dormir pour profiter de l'aubaine dès que j'aurais sombré dans le sommeil et se glisser dans mon lit. Qu'il crût pouvoir m'abuser m'agaçait ; car enfin, il fallait vraiment qu'il me prît pour un imbécile, moi, vétéran des dortoirs de pension, pour me croire incapable de distinguer un vrai d'un faux sommeil ; et plus il feignait de dormir plus je sentais la moutarde me monter au nez.

— Allez, Claude, arrête de faire semblant, chuchotai-je dans la pénombre.

Mais il poursuivait, soupirant de temps à autre, se tournant de côté, affectant d'ignorer que j'étais éveillé.

— Tu me prends pour un con ? ajoutai-je en me levant.

— Hein ? fit-il les yeux clos et en bâillant, avant de replonger sa tête dans son oreiller.

Ce n'était d'ailleurs pas mal joué ; mais il m'exaspérait vraiment trop et, hors de moi, je finis par me jeter sur lui pour le bousculer. Claude poussa un cri d'effroi et, se réveillant, me dévisagea avec des yeux affolés.

— Quoi ? Que se passe-t-il ?

Sa voix sonnait trop juste pour qu'il se jouât encore de moi. Je compris soudain mon erreur : Claude avait dormi jusqu'à maintenant. J'avais pris mes craintes pour des réalités.

— Ah je l'ai eu ! m'écriai-je pour masquer ma méprise, en faisant semblant, dans l'obscurité, de ramasser une bestiole que j'aurais écrasée — puis je jetai l'insecte imaginaire par la fenêtre.

— Qu'est-ce qui s'est passé ? insista Claude.

— Un frelon, oui, un frelon énorme est entré. Il a failli te piquer, alors je l'ai tué.

— Merci. Mais... ça ne dort pas la nuit les frelons ?

— Heu... non, pas celui-là.

— Qu'est-ce que tu faisais réveillé ? me demanda-t-il en bâillant.

— Une petite insomnie.

— Bon, à demain, fit-il en se recouchant.

Je retournai dans mon lit, plus anxieux que jamais ; car maintenant qu'il était réellement réveillé je pouvais craindre le pire, et de surcroît, comme il savait que je l'étais également, plus moyen d'user de la subtile ruse que j'avais imaginée au cas où sa main s'introduirait dans mes draps. Il ronflait déjà ; mais, désormais, impossible de savoir si ce sommeil était authentique ou feint ; car, vu l'heure tardive, il aurait en effet pu se rendormir rapidement, mais les ronflements étaient apparus trop vite pour qu'ils pussent être considérés comme totalement sincères.

Le ventre noué, je me tournai sur le côté, de dos par rapport à Claude, quand, tout à coup, je sentis une légère pression sur mes reins, juste au-dessus de mes hanches. Le souffle coupé, je restai immobile et la pression cessa ; mais lorsque je repris ma respiration elle se fit plus précise et plus large, comme si une main... ça y est, me dis-je ; et plus j'essayais d'y échapper plus elle se faisait pressante. Nul doute, c'était bien la paluche de Claude. Des sueurs froides me vinrent sur les tempes et dans le creux du dos ; mais je gardai mon sang-froid et, dans l'espoir de sauver notre amitié, je me mis moi aussi à ronfler pour qu'il me crût rendormi. Je décidai alors, quelques instants plus tard, d'écarter sa main pécheresse en faisant passer mon geste pour celui d'un somnambule. Mais lorsque ma main se referma sur ce que je croyais être la sienne, je sentis entre mes doigts un long membre, dressé et tressaillant, comme une queue... De surprise, je lâchai prise et me retournai. C'était la queue d'un chat de gouttière, entré par la fenêtre entrouverte, qui, sans bruit, se frottait contre moi depuis quelques instants. Affolé par ma réaction, le greffier miaula et s'enfuit sur les toits de Paris.

Rassuré et soulagé de m'être à nouveau trompé, j'essuyai les gouttes de sueur qui perlaient sur mon front. Quant à Claude, il paraissait dormir. Je voulus quand même m'en assurer.

— Claude, chuchotai-je, tu dors ?
— Mm...
— Tu dors ?
— Mm, mm...
— Claude...
— Quoi ? Merde ! s'écria-t-il en se redressant. « Tu ne peux pas me laisser dormir un peu ? » ajouta-t-il exaspéré, avant de s'affaler dans son lit en rabattant ses couvertures sur son nez.

Je compris alors qu'à moins de vaincre la peur que m'inspirait l'homosexualité de Claude, le repos ne me viendrait pas. Il fallait, pour cela, que je consentisse à reconnaître que le goût qu'il avait pour les hommes réveillait ma propre ambiguïté, inhérente à tout garçon.

Eh bien, ce soir-là, je l'acceptai ; et, par la suite, je pus ainsi dormir sur mes deux oreilles dans la même chambre qu'un pédéraste ; ce qui, pour moi, avait de l'importance car je devais habiter encore quelques mois chez Claude.

Je n'étais que coursier dans le journal qui m'employait. C'est-à-dire qu'il n'y avait, dans la hiérarchie, en dessous de moi que les dames pipi, et encore, si l'on considère le gardiennage des chiottes comme une activité dégradante. Il n'y a pas de sot métier, me disait je ne sais plus quel milliardaire qui, lui, n'avait jamais dû veiller sur la propreté des W.-C. de son hôtel particulier. Mais j'avais le moral. Dans mon esprit, il allait de soi que d'ici deux ans, ou trois au maximum, on me proposerait la place de rédacteur en chef ; et si un malotru s'était avisé de m'expliquer qu'une ascension de ce genre prend, en général, plus de temps, je l'aurais, bien entendu, méprisé. Je gagnais donc ma vie, plutôt mal, mais j'étais dans la place et cela seul m'importait. J'avais surtout besoin d'un champ de bataille pour me faire les crocs.

Mon seul désagrément vint de ce que, pour me faire embaucher, j'avais dû demander à papa une autorisation parentale. Quelle honte de réclamer le droit de grandir ; mais la loi est la loi, plutôt pour le pire que pour le meilleur en ce qui me

191

concernait, et je n'avais que seize ans. Il ne mit aucun empressement à la signer, alors que c'était lui qui m'avait forcé à travailler, histoire de me faire bien sentir qu'il me tenait encore, tant que son paraphe ne figurerait pas au bas de l'autorisation. Sitôt signée, je détalai, enfin libre.

Dans cette vie qui prenait forme, Clara occupait une faible place. On ne s'embarrasse pas du passé quand le présent vous réclame. Je lui téléphonai cependant au bout d'une semaine, une fois les choses un peu en ordre, pour lui fixer un rendez-vous, dans un café de mon choix. Sa voix, dans le combiné, me parut lointaine. Je raccrochai et inscrivis, non sans trouble, son nom sur mon agenda. Jamais je n'avais, auparavant, noté un rendez-vous avec elle. Aucune de nos rencontres ne me serait sortie de la tête.

Je m'installai donc, à l'heure dite, à la terrasse du café où nous devions nous retrouver, respirant à pleins poumons l'air vivifiant, bien que pollué, de la capitale ; car chacun sait que l'air parisien contient, en suspension, un grand nombre de particules d'ambition. On dit même qu'une bouffée suffit parfois pour que le désir de construire de nouvelles tours Eiffel s'empare de vous.

Alors que j'inhalais cette atmosphère propice aux grands destins, j'aperçus soudain Clara qui débouchait à l'angle de la rue Bonaparte. Elle me fit un signe, accéléra le mouvement de ses jolies jambes contenues dans une robe étroite, vint à moi et s'arrêta devant ma table, encore belle.

— Tu ne m'embrasses pas ? fit-elle un peu tendue.

— Ce ne sont pas des choses qui se réclament.

— Tu as raison. Un baiser ça se prend de force, me dit-elle en s'appropriant mes lèvres avec fougue.

Toute résistance aurait été vaine. Elle voulait ma bouche. A la terrasse, sur notre droite, un vieux monsieur détourna la tête pour ne pas déranger ses principes. Clara s'installa et un garçon, usé par l'habitude, prit la commande avec nonchalance.

— Pourquoi m'as-tu donné rendez-vous ici? me demanda-t-elle.

— Pour t'offrir notre premier café. Je gagne ma vie maintenant.

Elle sursauta, en se retenant cependant de trop montrer son trouble; mais son visage pâlit, comme si elle avait compris la situation avant moi. En une fraction de seconde, elle me vit la quitter.

— Oh mais tu sais, ça n'a rien de très original, poursuivis-je, ça arrive à beaucoup de gens.

— Et l'école?

— C'est fini. Maintenant je travaille.

— Mais... pourquoi?

— Pour pouvoir t'offrir des cafés, répondis-je en souriant; et puis je n'ai pas le choix. Papa m'a viré.

— Mais..., me dit-elle sans voix.

— Quoi?

— Rien n'a changé?

— Mais non, dis-je en souriant hypocritement.

— Je suis toujours Clara et toi Virgile?

— Bien sûr, qu'est-ce que tu as? demandai-je avec une naïveté feinte.

— Rien, rien..., me répondit-elle. J'ai eu une

peur idiote. Tout à coup, j'ai cru que tu me quittais.

Elle me faisait donc confiance au point d'exprimer devant moi et sans fard ses craintes les plus secrètes. Bien mal lui en prit. J'étais trop jeune pour voir dans sa franchise une preuve d'amour suprême. Mon regard de novice n'y décela qu'une marque de faiblesse. Elle ne m'en parut que moins désirable ; et plus j'essayais de lui trouver des qualités plus elles me paraissaient fragiles. Elle avait certes encore du charme, mais celui d'une époque dépassée. Sa peau n'était pas flasque ; bien que, par endroits... Mais elle avait une ride, c'est historique, une, sur le front, signe avant-coureur de la débâcle. Seules ses dents avaient l'air de bien tenir le coup ; mais on n'aime pas une femme pour sa denture. J'ironisais intérieurement tout en la sachant belle, comme s'il m'avait fallu un prétexte pour la quitter.

— Que fais-tu ? reprit-elle.

— Je suis livreur, dans un journal.

Elle me proposa, naturellement, de me trouver un autre travail. Mais je la soupçonnai de vouloir m'enserrer dans ses filets. Elle en aurait très certainement profité pour me faire donner une place, chez l'une de ses relations, où elle aurait pu me surveiller d'un peu plus près. Je balançais cependant car, après tout, j'étais vraiment mal payé et, malgré mon goût pour le cyclisme, la perspective de pédaler encore quelque temps sur le pavé de Paris ne m'enthousiasmait guère. Après avoir réfléchi, histoire de me dire que je ne suivais pas seulement mon intuition, je pris le parti de la liberté. C'est du moins ainsi que j'interprétais mon refus de ses services qui, en fait, n'étaient que le fruit d'un calcul. Je ne voulais pas lui être redevable d'une faveur au moment où la vie nous séparait.

— Et puis bientôt je serai journaliste, ajoutai-je ; ensuite je dirigerai le journal. C'est prévu, j'en ai parlé avec Claude. D'ici deux ou trois ans, je serai chef de la rédaction à la place du rédacteur en chef. C'est une bonne idée, non ?

— Oui, oui..., fit-elle sans remarquer l'extravagance de mes propos — comme si sa foi en moi ne lui permettait plus de douter de mes paroles.

J'avais parlé en l'air, presque par provocation, pour m'assurer que j'avais bien encore les pieds sur terre. Son absence de réaction me conforta dans mon projet. Muette et désemparée, Clara découvrait qu'elle n'était plus ma seule passion. Elle perdait l'exclusivité. Affolée, elle se lança alors dans une longue diatribe pour traîner dans la boue les journalistes et la presse en général, comme si elle avait voulu me dégoûter de tout ce qui pouvait me détourner d'elle. Mais plus elle crachait sur cette profession, plus je prenais ses critiques pour des attaques personnelles. Exaspéré, j'allais me fâcher quand le garçon apporta l'addition. Je ravalai ma réplique. Elle reprit ses esprits.

— Comment as-tu trouvé ce travail ?

— J'ai des relations ! Par Claude. D'ailleurs il faut que j'y aille.

— Déjà ?

— Je reprends le boulot à deux heures. Je suis en retard. C'est moi qui t'invite, dis-je en sortant mon porte-monnaie.

— Non, laisse...

— Non. Cette fois c'est moi qui paye.

— On ne va pas se battre pour une somme aussi ridicule.

— Ridicule ? rétorquai-je blessé. Mais c'est le premier café que je t'offre ! Et puis après tout... Je suis pressé. Je te laisse. Au revoir et merci.

Je l'embrassai, enfilai ma veste et enfourchai mon vélo. Elle me regarda disparaître au coin de la rue Bonaparte. J'avais fui alors que rien ne m'appelait. Mon travail ne reprenait qu'à trois heures.

Le vendredi soir, je décidai d'aller passer le week-end chez l'Arquebuse. Elle abriterait mon cœur pendant deux jours. Nous mangerions avec excès. Elle m'aimerait sans retenue. Nous dirions du mal de tous les cons.

J'embarquai mon vélo dans le train, à la gare Saint-Lazare, et n'arrivai à Evreux que vers huit heures. La nuit me prit de court ; je dus pédaler dans l'obscurité pour me rendre jusqu'à la ferme de l'Arquebuse. Mais le trajet ne dura pas long-temps. Terrifié par les ombres des arbres qui bordaient les petites routes que j'empruntais, je pédalais de toutes mes forces ; et c'est avec soulagement que j'atteignis la maison de l'Arque-buse, sur le coup de huit heures et demie. Le bruit de mon vélo sur les graviers de la cour ne la fit pas sortir. J'actionnai ma sonnette. Personne ne vint. Je me précipitai dans la grande pièce du rez-de-chaussée. L'Arquebuse n'était pas là. Seule une petite lampe était allumée, comme dans les églises. A l'heure du dîner, elle aurait dû être dans sa cuisine. Mais là non plus, personne. Elle n'était pourtant pas de celles qui sautent un repas. Quelque chose de grave avait dû se produire. Je me ruai dans les escaliers, les montai quatre à quatre et, arrivé à l'étage, poussai la porte de sa chambre. Les quelques lampes, recouvertes de châles et de foulards, diffusaient une lumière tamisée. Au fond de la pièce, à côté du lit, je crus voir la mort, toute de noir vêtue, penchée sur l'Arquebuse, prête à se saisir de son dernier souffle ; mais le grand bonhomme en noir se retourna et je reconnus son vieux médecin.

— L'Arquebuse..., chuchotai-je en m'approchant.

Elle tourna la tête et m'aperçut. Dieu qu'elle avait maigri ; mais son regard, plus jeune que son visage, brillait encore. Elle me sourit. Je la pris dans mes bras et la serrai contre moi. Le corps et l'âme n'avaient plus l'air de bien tenir ensemble. Elle respirait comme on boite et son cœur hoquetait ; rien n'allait plus, les jeux semblaient presque faits.

Le docteur Racine — c'était son nom — rangea ses instruments dans sa serviette avec des gestes lents comme la province ; puis il posa une main sur mon épaule.

— Petit, ta grand-mère a besoin de repos, me dit-il doucement. Je lui ai apporté ses médicaments.

— Qu'est-ce que vous lui donnez ? rétorquai-je violemment.

— Fais confiance au docteur, me dit-elle.

— Qu'est-ce qu'elle a ?

— Le cœur, me répondit le médecin.

— Ne t'inquiète pas, dis-je à l'Arquebuse, c'est seulement le cœur.

Le docteur prit sa serviette et s'apprêta à partir.

— Je reviendrai demain... Voulez-vous que je prévienne monsieur le curé ? lui demanda-t-il, soudain grave.

Elle acquiesça légèrement de la tête ; mais j'avais tout vu.

— Ah non ! hurlai-je au docteur. Les curés ça fait mourir les gens !

L'idée de voir l'un de ces oiseaux de malheur, en robe noire, faire une danse du scalp autour de l'Arquebuse m'était insupportable. Le médecin ne répondit pas, la salua, sortit et referma la porte derrière lui.

— Merci d'être venu, me dit-elle doucement. Je t'attendais.

— Je n'avais pas dit que je viendrais.

— Je t'attends toujours, fit-elle avant d'être prise par une toux violente qui accéléra le rythme de son souffle.

— Eh l'Arquebuse, tu ne vas pas te mettre à mourir, dis-je en la bousculant un peu.

Elle se reprit et sa respiration se fit à nouveau plus régulière. Sa main, au creux de la mienne, était froide ; je la lui réchauffai.

— Je ne savais pas que tu étais malade. Tu n'arrêtais pas de faire semblant ; tu te souviens à la gendarmerie...

— On a bien ri.

— Qu'est-ce que t'a dit le médecin ?

— Le cœur, un peu usé.

— On ne peut pas le changer ? Tu sais, ça se fait maintenant ; j'ai lu quelque part...

Elle sourit et m'interrompit :

— Ça ne servirait pas à grand-chose. Il faudrait ensuite changer l'estomac, les yeux et tutti quanti. Et puis, très franchement, je ne me vois pas avec le cœur, le regard et l'appétit d'une autre.

— A mon avis, ton docteur Racine il s'est trompé. Je vais t'ausculter, moi.

Je pris son pouls. Le sang ne circulait plus que par saccades. La pompe semblait effectivement avoir des ratés.

— Tu as le pouls vif, c'est vrai ; mais c'est parce que tu as beaucoup aimé. Il n'y a que les tièdes pour avoir le pouls lent. Avance-toi un peu.

Elle se plia en avant. Je m'assis près d'elle, sur le lit, et collai mon oreille contre son dos.

— Qu'est-ce que tu entends ? demanda-t-elle inquiète.

— Un drôle de bruit.

J'écoutai à nouveau les bruits caverneux qui résonnaient dans sa cage thoracique.

— Qu'est-ce que c'est ? reprit-elle.

— Ça vient du ventre. On dirait un cri.

— Un cri ? répéta-t-elle surprise.

— Chut...

Je me penchai une dernière fois sur son dos, histoire d'affiner mon diagnostic ; puis je me relevai, pensif. L'Arquebuse attendait mes conclusions, avec des yeux d'enfant. Que je ne fusse pas médecin lui importait peu. Elle croyait en moi.

— Alors ? fit-elle impatiente.

— C'est un cri du ventre.

— Qu'est-ce que tu racontes ? me dit-elle en riant.

200

Par conscience professionnelle de médecin imaginaire, je plaquai encore mon oreille entre ses deux omoplates.

— Ça y est ! m'écriai-je. Le cri devient perceptible. Il est question de terrine de lapin, de rillettes, de camembert, saucisson et cidre.

— Mais qu'est-ce que tu racontes...

— La vérité. C'est ce que ton organisme réclame pour aller mieux.

— Le docteur m'a interdit l'alcool et les corps gras.

— C'est bien la preuve qu'il n'y connaît rien. Regarde-toi, il suffit de parler de pâté et de cidre pour que tu respires mieux.

L'Arquebuse me sourit, m'attrapa dans ses bras et se rendit enfin à la raison.

— Va dans le garde-manger mon chéri, tu trouveras de tout, me dit-elle au creux de l'oreille.

Je détalai vers la porte, dévalai les escaliers et, arrivé dans la cave, pénétrai dans son garde-manger. Véritable caverne d'Ali-Baba pour quarante mangeurs, la pièce contenait de quoi rendre malade Pantagruel lui-même. Des conserves hautes calories, des mottes de beurre cent pour cent matière grasse, des cochonnailles en tout genre et les confitures les plus sirupeuses étaient rangées sur les étagères en bois. Je me cognai même dans une rangée de jambons, accrochés au plafond, en essayant d'atteindre la réserve de meringues. L'Arquebuse, élevée à l'ancienne, détestait farouchement la diététique et trouvait dans cette haine une raison supplémentaire pour se délecter de ses victuailles. Elle n'a jamais su se contenter d'apprécier une chose sans condamner le contraire.

« Encore un pot que les Boches n'auront pas ! » s'écriait-elle lorsqu'elle ouvrait une terrine de rillettes. Pour des raisons obscures, elle croyait que la diététique venait d'Allemagne.

Le jour de son décès, je me jurais bien de venir prier pour elle dans son garde-manger, à l'ombre de ses jambons, de ses conserves et de ses confitures. Son âme y rôderait plus certainement qu'au paradis. Et puis tout cela m'appartiendrait ; ne m'avait-elle pas légué l'intégralité de son garde-manger ? Mais, pour l'instant, la vie lui tenait encore au corps et si cette nuit devait être la dernière je voulais que tout se terminât la coupe à la main et la bouche pleine de foie gras. Sans craindre d'entamer mon héritage, j'attrapai deux grands paniers et y fourrai de quoi la reconstituer : diverses viandes froides, des restes d'écrevisses, des charcuteries variées etc., sans oublier l'inévitable pâté de canard. « Ça tient au corps », m'avait-elle toujours dit. J'étais prêt à me battre contre la mort ; à coups de rillettes et autres denrées, je lui barrerais le passage.

Quand ma mère avait cru bon de mourir, je m'étais réfugié dans les bras de l'Arquebuse ; mais si elle aussi trépassait, qu'allais-je devenir ? Je ne pouvais tout de même pas me blottir contre son cadavre. Me suicider sur sa tombe me semblait prématuré et je ne me sentais pas l'étoffe d'un Roméo. Elle ne devait pas succomber, surtout pour une raison aussi bête que la vieillesse. J'achevai donc d'entasser des provisions dans mes paniers, comme autant de munitions pour flinguer la mort si elle venait à rôder trop près de l'Arquebuse. J'avais de quoi tenir un siège. Avec mon aide, ma vieille grand-mère résisterait plus longtemps que la chèvre de monsieur Seguin devant le loup.

Avant de monter la rejoindre, je verrouillai la porte d'entrée, fermai les volets, barricadai les fenêtres du rez-de-chaussée et mis le vieux fusil de feu mon grand-père sur mon épaule. On n'est jamais trop prudent. J'étais prêt à tout pour protéger mon affection pour ma grand-mère. Puis je retournai dans sa chambre avec mes paniers.

— On peut tenir quinze jours ! m'écriai-je en entrant. J'ai pris aussi le fusil de grand-père.

— Pour quoi faire ? fit-elle inquiète.

— Au cas où on nous attaquerait. J'ai tout fermé en bas, la porte et les volets.

— Tu sais, les gens du coin sont plutôt calmes.

— On dit ça...

— Ecoute, redescends ce fusil, tu vas te blesser. Il n'y a pas de danger.

— S'il n'y en avait pas je ne serais pas armé, et comme je le suis il doit y en avoir. Je t'aime, ma vieille Arquebuse ; tu connais, toi, un amour qui ne soit pas menacé ? D'ailleurs je vais effrayer un peu les voisins, ajoutai-je en ouvrant la fenêtre qui donnait sur la cour.

L'Arquebuse se redressa d'un coup sur son séant.

— Que fais-tu ? demanda-t-elle affolée.

— Il faut toujours effrayer l'assaillant, c'est connu, dis-je avant de tirer un coup de fusil par la fenêtre.

Pour tout écho, je n'entendis que le bruit d'une

chute. Quelqu'un venait de tomber de vélo. Une voix s'éleva dans la pénombre : « Eh madame Duchêne ! C'cst moi ! »

— Qui c'est celui-là ? demandai-je à l'Arquebuse.

— Ça doit être monsieur le curé.

— Le curé ! sursautai-je. Holà de la soutane, n'approchez pas où je vous larde le cul de plomb !

L'ecclésiastique s'avança, timidement, au centre de la cour. Je le distinguais mieux à présent, dans le clair de lune. Fatalement, avec son costume noir je n'avais pas pu le voir dans la nuit.

— Mme Duchêne a souhaité recevoir l'extrême-onction, avoua-t-il.

Au moins il ne cachait pas son jeu. Il était bien venu pour s'emparer de l'âme de l'Arquebuse.

— Mme Duchêne n'a plus l'intention de mourir, hurlai-je par la fenêtre. Pliez les gaules ou je tire.

— Mais enfin..., reprit-il.

Je tirai à nouveau un coup de fusil dans la cour. L'homme d'Eglise, vêtu à l'ancienne, souleva avec précipitation sa soutane et s'enfuit sans demander son reste.

— Epatant, conclus-je, le clergé est en déroute.

Mais l'Arquebuse s'était redressée sur son lit avec l'énergie que donne la colère.

— Virgile, gronda-t-elle, on ne tire pas sur un prêtre, surtout quand on l'appelle.

— Celui-là, c'était un mauvais. T'as bien vu

qu'il insistait, comme si ça lui faisait plaisir de te donner les sacrements.

J'allais refermer la fenêtre quand j'aperçus dehors quelque chose qui bougeait sur le sol, dans l'obscurité.

— Oh merde! Il a du plomb dans l'aile...

— Qui? Monsieur le curé? demanda l'Arquebuse horrifiée.

— Non, une bête. Un pigeon, je crois...

L'Arquebuse se rallongea, soulagée, et mit sa main sur son cœur.

— Virgile, épargne-moi...

Je descendis dans la cour récupérer l'innocente victime de ma rage anticléricale. L'oiseau respirait encore, mais il avait perdu des plumes. L'aile semblait profondément touchée; ce qui, pour un pigeon, est encore plus grave que pour un homme de se faire couper le sexe. Son cœur battait aussi vite que celui de l'Arquebuse. C'était vraiment mon jour : j'étais tombé sur un pigeon cardiaque. Je le pris délicatement au creux de mes mains et le rapportai à l'Arquebuse. Elle mit ses lunettes et l'ausculta longuement, se demandant sans doute s'il y avait là matière à faire un dernier pâté ou si, au contraire, elle allait pouvoir le sauver. J'eus très peur pour la pauvre bête lorsque je vis l'Arquebuse palper sa chair avec envie; mais elle réfréna ses instincts carnassiers et enleva ses lunettes.

— Bien rôti, ou en pâté, il n'aurait pas été mauvais..., dit-elle avec regret. Mais va donc me chercher de la ficelle et deux petites planchettes.

Elle lui confectionna une attelle. Son aile brisée serait bientôt réparée. Il irait à nouveau se percher dans le ciel, voler parmi les siens, chier sur les carrosseries des voitures. C'était une victoire. Ce soir-là, décidément, nous faisions reculer la mort.

— Comment va-t-on l'appeler ? me demanda l'Arquebuse.

— Roger. C'est un beau nom pour un pigeon, non ?

— Absolument ravissant..., fit-elle essoufflée.

Ses spasmes cardiaques la reprenaient à nouveau et, secouée par une respiration chaotique, elle se força à me sourire pour me rassurer. Elle me tendit même sa main que je serrai en tremblant. Si seulement j'avais pu faire une attelle à son gros cœur boiteux pour qu'il marche un peu moins mal ; mais, désemparé, j'en étais réduit à attendre que la crise passât, ce qui, heureusement, ne tarda pas trop. J'ouvris alors une bouteille de cidre pour la remonter un peu et lui préparai de grandes tartines de rillettes. Elle engloutit la première tranche de pain avec un tel appétit que, craignant qu'elle ne s'étouffât, je dus lui faire promettre de mâcher les suivantes. Elle jura tout et n'en fit rien.

L'Arquebuse avait bientôt rendez-vous avec la mort et désormais plus rien ne pouvait modérer la gigantesque fringale qui la tenaillait depuis sa petite enfance. Tout y passa : les poulets froids, les conserves, les saucissons, etc. Mais il n'y avait dans sa manière de se gaver aucune vulgarité. Elle mangeait certes avec ses doigts, mais ses mains avaient l'élégance de celles des grands pianistes ; et ses dents fines sectionnaient les aliments comme les mandibules d'un insecte très soigneux. J'en vins cependant à penser, au bout d'un certain temps, que je m'étais peut-être trompé de stratégie pour la maintenir en vie et que, loin de la prolonger, j'allais avancer l'heure de son décès; car son estomac semblait devoir exploser sous peu. Heureusement, après avoir siphonné en moins d'une heure la quasi-totalité du premier panier, elle commença à montrer quelques signes de fatigue.

— Dis-moi ce que tu deviens, me lança-t-elle.

— Tu n'en as pas entendu parler?

— Non.

— Je travaille.

— Tu apprends tes leçons? fit-elle en souriant.

— Non, je travaille pour de vrai.

— Et l'école?

— Papa m'a viré de la maison. Il fallait bien que je gagne des sous.

— Qu'est-ce que tu fais?

— Je travaille, j' te dis. Et pas n'importe quoi... Dans un journal. Je suis journaliste; alors je déjeune avec des ministres, des banquiers, des évêques. Je fréquente les milieux littéraires et les bordels de luxe. Bref, je suis partout, je règne sur la presse parisienne, on me craint, on m'admire. On murmure même que je dirigerai bientôt le journal..., chuchotai-je avec sérieux.

— Et tu gagnes de l'argent?

— Beaucoup.

— Alors pourquoi es-tu venu à vélo de la gare? J'ai entendu ta sonnette. Tu aurais pu prendre un taxi.

Cette garce de grand-mère me coinçait. Je

n'avais pas prévu qu'elle pût douter de mes paroles.

— Tu ne me crois pas ?

— J'ai toujours cru en toi plus qu'en ce que tu me dis.

— Tu fais bien, avouai-je en souriant, parce qu'en fait, dans le journal où je travaille, je suis livreur. Mais dans trois ans je serai rédacteur en chef ; alors je ne mens pas. Je prends seulement un peu d'avance...

Posé sur un coussin, aux pieds de l'Arquebuse, Roger bougea un peu ses ailes. Il semblait avoir la nostalgie du ciel. Je le pris dans mes mains et lissai son plumage. Il était bien gras. L'Arquebuse s'en aperçut à nouveau.

— Eh l'Arquebuse, tu te souviens, tu m'as promis de ne pas faire un pâté avec Roger.

Elle me sourit.

— Et Clara ? lança-t-elle soudain.

— Oh Clara... ça bouge ; je vieillis, tu sais.

Ses yeux se fermèrent. Elle avait compris. Elle saisissait tout parce qu'elle se gardait de trop réfléchir. Elle se contentait, en général, de bien sentir les choses. Jamais je n'ai dû m'expliquer devant elle, ou seulement en riant, surtout lorsque c'était important. « Chaque fois que tu vis, que tu écris ou que tu dis avec légèreté quelque chose de grave, tu gagnes en grandeur », avait-elle coutume de me dire. L'Arquebuse était une grand-mère de premier choix.

Les yeux toujours clos, elle semblait réfléchir quand soudain elle refit surface.

— Va me chercher les derniers vers de Ronsard ; un petit livre jaune.

208

— C'est qui Ronsard ?

— Un vieux poète.

— Il fait de la vieille poésie ?

— Non...

— Il est mort quand ?

— Je ne sais pas s'il mourra un jour ; mais il a dû naître en quinze cent vingt-quatre.

Encore un vieil auteur, me dis-je en allant quérir l'ouvrage. Je descendis l'escalier. La bibliothèque de l'Arquebuse se trouvait dans sa cuisine, au rez-de-chaussée. Elle pouvait ainsi lire ses auteurs favoris, ou ceux qu'elle détestait car elle les lisait aussi pour se donner plus de raison de les haïr, tout en préparant ses repas. Ses livres sentaient l'estragon, le romarin ou le rôti de porc. Certains, les meilleurs, fleuraient bon le pâté de canard. Chaque livre avait son parfum. Chaque plat avait son livre. Elle n'aurait jamais pu parcourir un écrit de Chateaubriand tout en montant une mayonnaise ; elle aurait été ratée. Pour l'Arquebuse, littérature et cuisine n'étaient que l'expression d'une même civilisation ; aussi prenait-elle plaisir à orner les pages de ses livres de taches de graisse. Lire un volume neuf la dégoûtait comme l'idée qu'un homme pût coucher avec une jeune fille vierge. Ses bouquins maculés d'auréoles avaient pour elle autant d'attrait qu'un homme d'expérience qui aurait su lui faire l'amour.

Je cherchai un moment sur les étagères et, finalement, tombai sur le livre jaune de Ronsard, un petit recueil. Il embaumait la confiture de fraises : ce devait être un bon poète. Je remontai dans la chambre et tendis l'ouvrage à l'Arquebuse. Elle l'ouvrit, posa ses lunettes sur son nez et commença à me faire lecture :

Je n'ai plus que les os, un squelette je semble,
Décharné, dénervé, démusclé, dépulpé,
Je n'ose voir mes bras que de peur je ne tremble...

J'aurais dû être bouleversé ; mais l'Arquebuse lisait ces vers de manière si spirituelle qu'elle déclencha mon hilarité. Elle avait décidé de me faire rire de sa mort. Comme Molière, elle voulait jouer jusqu'au bout, partir au beau milieu d'une dernière phrase. Mais la mort ne lui fit pas cette fleur et, arrivée à la fin de la deuxième strophe, elle était encore en vie. Secrètement déçue, elle dut décliner les derniers vers, toujours avec le même humour :

Mon corps s'en va descendre où tout se désassemble
Quel ami me voyant à ce point dépouillé
Ne remporte au logis un œil triste et mouillé,
Me consolant au lit et me baisant la face,
En essuyant mes yeux par la mort endormis ?
Adieu chers compagnons, adieu mes chers amis,
Je m'en vais le premier vous préparer la place.

Désopilante jusqu'au bout, l'Arquebuse poussa la comédie jusqu'à clôturer le sonnet en parodiant sa propre mort. Son regard se fit plus trouble. Elle referma son livre et laissa soudain retomber sa tête sur l'oreiller, en bêlant. Ses yeux se figèrent alors dans un regard absent et elle affecta un air si bête que, sans penser un instant qu'elle allait bientôt mourir, j'éclataï de rire. Puis elle se redressa et me sourit.

L'Arquebuse, tu savais vivre, tu savais mourir. « Chaque fois que tu vis, que tu écris ou que tu dis avec légèreté quelque chose de grave, tu gagnes en grandeur », me répétais-tu. Comme tu avais raison. Je me souviendrai toujours de cette soirée où tu tournas en dérision la déchéance de ton corps pour mieux exorciser ta crainte de passer de vie à trépas. Mais je ne le compris qu'en sortant de ta chambre, pour aller me coucher. Je réalisai aussi que tu m'avais fait rire pour me laisser de toi un dernier souvenir ensoleillé et que, si je t'aimais vraiment, il fallait désormais que je parte en t'ayant dit « bonsoir » au lieu d' « adieu ».

Je mis donc les voiles au petit matin, avant que le soleil et l'Arquebuse ne se lèvent. Sa mort l'attendait au bout du court chemin qui lui restait à faire en tête à tête avec ses prières. « Après tout, m'avait-elle dit un jour, je n'ai pas à m'inquiéter. Le loup ne me mangera pas. J'ai rendez-vous avec le bon Dieu. » L'affaire était privée. Je partis sur la pointe des pieds et pris le premier train pour Paris.

Sur le chemin du retour, bercé par les cahots ferroviaires, je pensais à toi, l'Arquebuse. Ta mort ferait de moi un riche héritier en rillettes et autres cochonnailles ; mais tu me laisserais long-temps le regret de tes sourires. Pour la première fois, tu m'apparus égoïste ; car enfin, tes retrou-vailles avec le bon Dieu étaient bien jolies, mais qu'allais-je faire de mes pleurs ? Tu ne serais plus là pour les sécher. Grand-mère irresponsable, tu n'avais pas songé qu'en mourant tu me léguerais aussi de la tristesse. Voilà ce que c'est que les vieux. Et, chose plus cruelle encore, tu me forçais à étouffer mes larmes ; car pleurer aurait été te trahir. Pourtant, le jour de ta mort, je te ferais cette infidélité. L'espace de quelques sanglots, je me laisserais chialer, tu m'entends, oui chialer comme un enfant. Mais rassure-toi, ce sera très bref. Je te promets d'être heureux et de rire aux éclats à la sortie de ton enterrement. Sitôt la grille du cimetière franchie, je m'engage même à basculer une fille dans une meule de foin. On fera l'amour à ta santé ; ça ne sera pas triste ; je le jure sur ta tête.

212

Le train ralentit pour entrer dans Paris et s'immobilisa en gare Saint-Lazare. Je sautai sur le quai et allai récupérer mon vélo dans un wagon-marchandise. Une fois sur la place de la gare, je me hissai sur la selle, pesai de tout mon poids sur les pédales et m'engageai dans les ruelles. En cette jolie matinée dominicale, Paris résonnait du carillon des églises ; mais les amateurs de messes ne se bousculaient pas sur les trottoirs. A cette époque, le croissant au beurre se vendait déjà mieux que l'hostie ; fallait-il y voir un déclin du christianisme ou un renouveau de la gourmandise ? Toujours est-il qu'à un croisement, je me surpris à remonter, presque machinalement, l'avenue qui menait chez Clara. Je n'avais pourtant pas grand-chose à faire chez elle. Ma passion pour le train électrique s'était atténuée et revoir Jean ne me tenait pas particulièrement à cœur. Quant au chauffeur Albert, c'était certes un homme exquis, mais je n'avais jamais partagé l'enthousiasme de Claude à son endroit. Restait Clara, bien sûr. Mais l'idée de lui faire l'amour, dans quelque position que ce fût, me semblait déplacée ; et je ne voyais pas ce qu'elle aurait pu faire d'un amant qui refusait de remplir ses obligations charnelles.

Pourtant, au-delà de ma volonté, une force obscure et incontrôlée me commandait soudain de la revoir. Mon vélo s'ébranla et je m'élançai sur le pavé de Paris, en direction de chez elle. Aveuglé par mon agitation intérieure, je faillis même me faire renverser par une voiture, au milieu d'un carrefour, en brûlant un feu rouge ; mais je l'esquivai au dernier moment et m'éloignai, sous les quolibets de l'automobiliste, tremblant à l'idée que j'aurais pu périr au moment même où ma vie prenait son envol. Comment aurais-je pu lui faire comprendre que désormais tous les feux me semblaient verts ? Plus je pédalais, plus je prenais conscience de ce qui me poussait vers Clara ; oui, tout devenait clair ; que dis-je, éclatant de lumière. Qui sait ? Peut-être suffirait-il que je lui dise tout simplement ce qu'il en était pour que, ensuite, nos rapports prennent une tournure plus positive.

Arrivé devant sa maison, j'amarrai mon vélo à sa grille avec un cadenas et, haletant, je courus à la porte d'entrée. Albert m'ouvrit ; je le bousculai dans mon emportement et me précipitai dans les escaliers que je gravis à grandes enjambées avant d'entrer, sans frapper, dans la chambre de Clara. Les volets étaient encore fermés ; l'atmosphère de la nuit se prolongeait ; quelques vêtements traînaient. Perdue dans ses rêves, Clara dormait comme une enfant. Sans transition, j'ouvris une fenêtre et poussai les volets vers l'extérieur. Le soleil entra dans la pièce. Les paupières de Clara se mirent à papilloter. Dérangée par la lumière, elle s'étira comme un chat arthritique et posa son regard sur moi.

— Que fais-tu là ? me demanda-t-elle en bâillant.

— Clara, il m'arrive quelque chose de formidable, lui dis-je en souriant. Je vais quitter mon enfance. Je vais te quitter.

Un peu interloquée par ce préambule, elle se ravisa et frotta son visage de ses mains.

— Oui, oui, tu as bien compris ; je te quitte, répétai-je avec gaieté.

Hagarde, elle hésita un instant, ne sachant pas comment réagir. La nouvelle était trop brutale pour qu'elle pût en prendre toute la mesure. Il n'y avait aucune cruauté dans mes intentions. L'Arquebuse allait bientôt trépasser, lui expliquai-je ; papa m'abandonnait à mon sort : j'avais la chance, l'extraordinaire privilège de pouvoir, à seize ans, balayer les débris de mon enfance pour faire de ma vie une cathédrale. En la quittant, je rompais le dernier lien qui me rattachait à ces longues années de souffrance ; je mettais fin à mon infinie tristesse d'être petit. Haut les cœurs ! hurlai-je à Clara encore plus déconcertée ; aujourd'hui était un grand jour, j'allais enterrer d'un coup le loup, la sorcière de Blanche-Neige et toutes les mauvaises fées qui peuplaient mes songes de petit garçon. Je larguais les amarres et quittais cet univers qui sentait si fort la craie et le tableau noir.

— Je vais être grand maintenant ! m'écriai-je ; et bientôt mon enfance ne me pèsera plus. Lorsque j'entamerai un pâté de canard, je ne chercherai plus à retrouver le goût de celui que me faisait l'Arquebuse ; il me suffira de savourer celui qui, à l'instant, fondra dans ma bouche. Libre je serai ; oui, libéré de mes premiers souvenirs ; comprends-tu cela ?

— J'essaye...

— Merci, dis-je doucement.

Je pris sa main, l'embrassai et sortis sans rien dire, en fermant la porte derrière moi. Il ne me restait plus qu'à vivre, pour de vrai, bille en tête.

14 janvier 1986

COLLECTION FOLIO

Dernières parutions

1966.	Plantu	*C'est le goulag !*
1967.	Jean Genet	*Haute surveillance.*
1968.	Henry Murger	*Scènes de la vie de bohème.*
1969.	Jean Anouilh	*La vicomtesse d'Eristal n'a pas reçu son balai mécanique.*
1970.	Frédérick Tristan	*Le fils de Babel.*
1971.	Sempé	*Des hauts et des bas.*
1972.	Daniel Pennac	*Au bonheur des ogres.*
1973.	Jean-Louis Bory	*Un prix d'excellence.*
1974.	Daniel Boulanger	*Le chemin des caracoles.*
1975.	Pierre Moustiers	*Un aristocrate à la lanterne.*
1976.	J. P. Donleavy	*Un conte de fées new-yorkais.*
1977.	Carlos Fuentes	*Une certaine parenté.*
1978.	Seishi Yokomizo	*La hache, le koto et le chrysanthème.*
1979.	Dashiell Hammett	*La moisson rouge.*
1980.	John D. MacDonald	*Strip-tilt.*
1981.	Tahar Ben Jelloun	*Harrouda.*
1982.	Pierre Loti	*Pêcheur d'Islande.*
1983.	Maurice Barrès	*Les Déracinés.*
1984.	Nicolas Brehal	*La pâleur du sang.*

Impression Bussière à Saint-Amand (Cher),
le 27 septembre 1988.
Dépôt légal : septembre 1988.
1ᵉʳ dépôt légal dans la collection : février 1988.
Numéro d'imprimeur : 6087.
ISBN 2-07-037919-1./Imprimé en France.

44665